KB021896

사람
본전

오르던 길을 내려가는

나는

아무도 가서는 말이 없는

그곳

깊은 끝에서

당신을 만날까

소설은 알 수 없는 믿음이다

코로나 창궐로 인류가 혼이 빠져있는 와중에 나는 심장동맥박리수술실에 실려 갔다. 메스가 가슴을 가르고 찢어진 동맥을 바루느라 예닐곱 시간을 나는 죽어 있었다. 숨 쉬면서 죽어 있었던 시간에게 이 단편소설들을 바친다.

아주 긴급한 상황에서 나는 수술을 포기하고 그 어디론가 떠나 죽음을 직시하다 죽었으면 하면서도 부조리한 생에 이끌려 서울대병원 흉부외과 전문의 교수 손석호 님의 손에 생명을 위탁했다. 그리고 그의 집도를 통해 죽어있던 시간에서 빠져나와 나에게 다시 돌아왔다.

이제 돌아온 새로운 시간의 시작과 끝을 살아야 한다. 이 다짐의 실증으로 오랜 동안 문학지와 남의 책을 기획출간하는 일로 호구책을 삼으며 문예지에 드문드문 발표한 작품들 중 우선 8편을 선별하여 추고했다. 고작 이것이 삶의 방편과 공존한 내 글 몸이며, 글 마음인가. 스스로 질책하며 어떤 의미의 진실이 『사람본전』 창작집에 담기는지 문학에게 물었다. 문학은 당신처럼 답이 없는 줄 알면서도.

　남은 시간 가난하고 바보스런 문학의 참 얼굴을 글로 그려 문학에게 읽히고 싶다. 그 글을 읽고도 문학이 침묵하면 당신이 답하리라 믿는다. 그 믿음을 믿게 하는 사물, 사람들에게 절하며 감사드린다.

낙산공원 밑 큰아이 집에서
2021년 이른 봄
황충상

사람
본전

사라ㅁ바ㄴ저ㄴ SALAMBONJEN 人本錢

황충상
소설

문학나무

차례

글의 소명을 위하여 작가는 항상 새로운 문제의 답 아닌 답을 쓰는 것이다
역설적이지만 답의 답을 쓰려고 작가의 그림자는 달려간다 태양을 향해 달려간다

그림자껍질

1

검도 고단자를 부르는 명칭이 따로 있다. 범사範士다. 공식적으로는 검도 8단부터 범사 칭호로 공경하여 부르지만, 5단 이상 검도 실력이 뛰어나고 인품이 높은 사범으로 검도인劍道人에게 모범이 되는 분을 이르기도 한다.

나는 H신문사 프리랜서 기자로서 영부令父 범사를 처음 만났다. 그는 검도계의 신화적인 존재였다. 그림자껍질을 벗긴다는 영검팔체도법影劍八體道法 창시자로 군림하지 않고 오히려 은자의 생을 살고 있기 때문이었다. 푸른빛 안광이 깊은 작은 노인, 범사는 단구에 동안이었다. 전혀 77세의 노인으로 믿기지 않았다. 그의 얼굴은 노소가 동락하는 희화적인 그림이다 싶은데도 범접할 수 없는 숨은 위엄이 느껴졌다. 노인 속에 어린아이가 어린아이 속에 노인이 엿보이는 그의 신기한 표정은 누구에게나 속삭였다.

'나를 읽으려들지 마러. 나는 어느 쪽으로도 읽히지 않아. 노인으로 읽으면 어린아이가 되고 어린아이로 읽으면 노인이 되거든. 웬 줄 아나, 그림자껍질을 입고 벗을 줄 알기 때문이야.'

어릴 때부터 그림자놀이를 좋아한 그는 달그림자를 먹고 자랐다. 아무도 모르는 아들의 그림자 먹는 놀이를 어머니는 지켜보았다.

"애야, 달그림자 너무 많이 먹지 마라. 몸의 허기만 채워야지, 마음의 허기까지 채우면 진짜 그림자귀신이 된다."

"예, 알아요 어머니. 그래서 달의 몸 그림자는 먹지 않고 달의 마음그림자만 베어 먹어요."

"그게 무슨 소리냐. 달에게 몸 그림자와 마음그림자가 따로 있다는 말이냐?"

"예, 이거예요. 달의 마음그림자만 먹은 제 마음그림자 드셔보세요."

아들이 손 칼질로 가슴에서 저며 낸 마음그림자를 어머니는 입에 넣고 우물거리다 꿀꺽 삼켰다.

"맛이 좋지요?"

"그래, 달 향기와 아들 향기가 난다."

그는 소년 때 이미 손 칼 쓰는 비법을 스스로 터득했다. 가슴이 베지 않도록 빈손에 기를 모아 마음그림자를 벨 줄 알았던 것이다. 그의 심도心道의 비범성은 검도의 길에서 열렸다. 검도에 입문한 그는 5단 승단 후 독립했다. 지천명의 나이에 이른 그는 영검팔체도법을 창시하고 유일한 여자 제자 영기影氣에게 전수하였다.

그는 제자 영기를 떠나보낸 후 왜 영검팔체도법의 비의적인 검법을 더는 세상에 알리려하지 않았을까. 아무튼 내게 취재 기회가 주어진 것은 행운이었다.

"여러 신문사 기자들이 돌아가면서 범사님 대담취재를 하려고, 그야말로 삼고초려를 했지만 다 거절하셨습니다. 그런데 왜 제게만 허락하셨는지… 그 까닭이 궁금합니다."

"프리랜서 작가라 해서…."

범사는 뒷말에 여운을 두고, 서늘한 눈빛으로 나를 바라보았다. 무슨 말이 이어지겠지. 그러나 그는 양 손등과 손톱을 만지작거릴 뿐 무연한 표정이었다. 어떤 경지에 이른 사람들의 저 무심한 듯 감춰진 유심의 표정. 이만하면 기사가 나간 후 그의 전기소설을 쓸 수 있겠다는 예감이 좋은 만남이었다.

"범사님의 전기소설을 쓰겠다는 전제로 이 일을 맡았습니다. 저에게 좋은 기회를 허락해주셔서 감사합니다."

범사는 무덤덤한 표정으로 말을 받았다.

"말로, 아니 문장으로 집을 짓는 사람을 작가라 한다지요. 문장의 집, 내게 있어 칼의 집과 어떻게 다를까. 나름대로 생각하며 뵙고 싶었지요. 허나 전기소설까지야, 너무 많이 앞서 가시면…."

"무례한 생각을 해량하여 주십시오."

"무례랄 건 없지요. 그만한 품성이 내게 있느냐가 문제지요. 하긴…."

뒷말 잘라 흐리기, 손등과 손톱 만지기는 범사의 어떤 비의를 숨기는 습관으로 여겨졌다. 단정 짓지 않기 위하여 손의 말을 계속 듣고자 손등과 손을 만지는 것이다. 나는 그 추측을 확인했다.

"범사님은 생각을 손등과 손톱 만지는 것으로 대신하는 것 같습니다."

그의 심중 건드리기, 내 식의 접근방식이 먹혀들었다. 범사의 자연한 손 만지기에 힘이 들어가고 순간 눈이 빛을 뿜었다.

"말을 갈고 다듬어 문장의 검을 만드는 작가 분들, 검도인과 상통하는 점이 많군요. 검도인의 손놀음이 생각을 만지는 것이다, 그렇습니다. 손을 만지다보면 손의 말을 듣게 되지요."

"손톱 밑으로 생각을 밀어넣으면 손은 명상을 한다. 범사님 손을 보고 있으니 그런 느낌이 들어서 해본 소립니다."

그의 입가에 웃음이 어렸다.

"작가님 말은 심중을 꿰뚫는 이상한 힘이 있어요. 사실을 말하자면, 내가 손등과 손톱을 만지는 것은 그림자껍질을 어루더듬는 행위의 명상이지요."

처음 듣는 말이었다. 그림자껍질을 만지다니, 그것은 행위의 명상이다, 새롭고 신기한 말이지만 감이 잡히지 않았다.

"무슨 말씀인지 알 듯 싶기도 한데 구체적으로는 그려지지 않습니다. 검도에도 행위예술적인 명상이 있단 말씀입니까?"

"그렇습니다. 검의 순수정점의 길을 열어 그림자껍질을 벗기자면 빛과 그림자의 층위를 만지는 나름의 대화명상이 필요해요."

홀로 있어도 외롭지 않은 까닭이 있다. 만지는 대화를 하기 때문이다. 빛과 그림자의 층위에 마음의 대화를 불어넣는 범사. 그의 두 손 만지기는 그래서 자연한 선적인 경지를 보인다. 스스로 움직임 속의 멈춤을, 멈춤 속의 움직임을 느끼는 만지기 대화는 절묘한 행위 명상이 된다는 것이다.

그래도 그렇지. 그림자껍질을 벗기다니, 그런 작업이 가능한가. 아무렴, 4차원이 열리고 과학이 신과 내통한다고 야단들인 세상이잖아. 나는 수긍했다.

"그림자껍질을 벗기어 무엇에 쓰십니까?"

"글쎄요, 뭣에 쓸 것 같소?"

말문이 막혔다. 하긴 그림자껍질을 봤어야 말이지. 나는 그림자껍질을 보여주면 답하겠다는 말을 꿀꺽 삼켰다. 그새 내 얼굴을 읽어낸 범사는 놀자는 기분으로 말을 이었다.

"아주 높은 가격에 팔아요, 하면 믿겠어요?"

이런, 세상엔 돈 돌아가는 소리만 난다더니 범사마저. 아무튼 대담의 앞뒤를 재자면 답을 할 수밖에 없었다.

"그림자껍질을 옷처럼 입고 벗을 수만 있다면 대박이겠는데요."

"물론 옷처럼 입고 벗을 수 있지요."

묘한 말의 끌림에 나는 머릿속이 시끄러워졌다. 정리정돈할 수 없는 시끄러움, 범사의 말은 계산 방법 없이 그저 따라가야 했다.

"젊은 그림자껍질이 잘 벗겨진다오. 하지만 기가 쉬

마르지 않아서 용처에 쓰기가 쉽지 않아요. 늙은 그림자껍질은 벗기기가 어려운 대신 기가 누그러져 사용하기가 아주 편해요. 그렇다고 그림자껍질을 무대의상으로야 쓸 수 있겠어요? 아무튼 그림자껍질의 용처는 작가님 상상에 맡기겠습니다. 아, 그림자껍질을 벗기어 무엇에 쓰려는가 물었지요? 꿈에 저 세상에 간 아내가 와서 내 그림자껍질 한 벌을 선물하라고 해서…."

꿈이 현실이고 현실이 꿈인 경지의 말은 아무나 하는 말이 아니었다. 그의 말이 어려운 까닭도 범사의 경지에서 나온 말이기 때문이었다. 어쨌든 검도 최고수의 검력으로 그는 그림자껍질을 벗긴다는 것이었다.

나는 취재 외적인 신비한 끌림의 배후가 궁금했다. '꿈속에서 죽은 아내에게 주는 선물!' 그 그림자껍질을 벗기는 시간은 얼마나 걸릴까.

"그림자껍질 벗겨내는 공정이 예삿일이 아니라 여겨집니다. 한 벌 벗기자면 시간이 얼마나 걸리죠?"

"대중없어요. 마음먹기의 일이니까."

"그 마음먹기의 일을 지금 지켜보면 안 될까요?"

"말이 나왔으니 해보기는 하겠지만 그리 만만치 않아요."

범사는 전신을 마사지하듯 만졌다. 영검팔체도법 대련으로 그림자 팔체혈을 검으로 떠놓은 자리를 점검하는 것이었다. 얼마나 지켜보았을까. 그림자껍질이 신음하는 소리에 나는 모골이 송연해졌다.

"이럴 때는 작업을 쉬어야 해요. 아무래도 예감이 며칠 걸릴 징조야. 이것이 사람 마음먹기라는 일의 한계라오. 서두르면 그림자껍질에 큰 상처가 나서 무용한 것이 되고 말아요."

범사는 그림자껍질 벗기는 일을 중단하겠다며 손을 씻었다. 무슨 옷처럼 그림자껍질이 쉽게 벗겨질 줄 알았는데 전혀 예상 밖이었다. 빛과 그림자의 층위를 가르는 작업을 멈춘 그는 그윽한 눈길로 나를 바라보았다.

"무슨 일이든 결실을 얻으려면 기다림이 필요해요. 종교인은 묵상으로 기다리고, 일반인은 명상으로 기다린다고들 하지요. 하지만 작가양반의 세상읽기에 대한 기다림의 명상은 대중을 위한 것이어서 나와는 아주 다르겠지요."

"예, 설명드릴 수 없도록 다릅니다. 번거로우신데 글쟁이 취재 일을 이해해 주시니, 고맙습니다. 언제쯤 오면 사모님께 드릴 그림자껍질을 볼 수 있을까요?"

"약속을 할 수 없어 미안합니다. 언제 작업이 끝날지 나도 가늠할 수가 없어서요."

나는 공손한 마음으로 부탁했다.

"작업이 끝나고 사모님께 선물하기 전에 그림자껍질을 볼 수 있는 기회를 주십시오. 가능하시면 한 벌 더 벗기어 저에게도…."

"그러지요. 서로를 위한 일이니 빨리 끝이 나야 할 텐데…."

"고맙습니다. 다시 뵙겠습니다."

나는 깊이 머리를 숙였다.

범사는 홀로 중얼거렸다.

"내 몸뚱이의 본래 형상을 보려는 작업을 죽은 아내를 팔아 방편 삼은 것 참 미안한 일이오. 그림자껍질의 형상에 대한 이야기를 할 때 믿기지 않는 사실은 밝히지 않고 빗대는 경우를 이해하소. 악의는 전혀 없어요. 사람은 누구나 더 젊어 보이려고 참 못할 짓들을 하잖소. 따지고 들면 내가 그림자껍질을 벗기는 까닭도 그와 비슷한 일일 거요. 빛의 길을 점검하면서 노쇠한 몸을 단련하자는 것이니… 더 첨언하자면 그림자에게 겁이 들고 나는 길을 알려 껍질을 손상 없이 벗기는 자기 검술의 점검이라오. 내게서 비롯된 영검팔체도법影劍八體道法의 점검인 셈이지요. 그러니 내 이 그림자껍질 벗기는 작업은 전혀 기이할 것이 없어요. 세상일에서 비켜나 자신의 내적인 일에 비의적으로 진지하달 뿐 그 이상의 뜻은 빛과 그림자가 알 뿐이라오. 아무튼 그림자껍질은 그 형상을 볼 수 있는 사람만이 옷처럼 입고 벗을 수 있어요. 한데 작가양반, 내가 그림자껍질을 준들 그 그림자껍질을 입고 그림자와 희로애락의 대화를 나눌 수 있겠소? 그래야 기사를 쓸 텐데…. 하긴 그럴 수 있기에 그림자껍질에 대한 취재를 그토록 끈질기게 하겠다는 것이지요. 참 대단하오. 세상엔 유형의 소리만 듣는 게 아니라 무형의 소리를 듣는 귀들도 있다고 믿고 글을 쓰는 작가, 그 작가의 길도 검도의 길과 다르지 않군 그래."

범사는 선한 눈길을 하늘 쪽에 두고 한숨을 내쉬었다. 세상일과 무관하다던 그는 자신을 타일러 생각을 바꿨다.

'검도에 있어 검력으로 상대의 검을 속이려 들면 그 싸움은 속이는 자가 진다. 참으로 이기고자 하는 싸움에서는 검을 드는 것이 아니라 마음을 들어야 하기 때문이다. 그 마음을 드는 힘은 그림자껍질을 벗길 때도 마찬가지로 자유롭게 쓰인다.'

그의 고백은 이어졌다.

'나는 나를 속여야 산다. 때로는 속고 속이는 것이 진리이기도 하다. 생각이 마음에 꽂히면 그림자는 한 겹 옷을 덧입는다. 그렇기에 그림자껍질은 수천만 겹의 옷 입음이 된다. 그런데도 그림자는 한 겹의 옷으로만 보인다. 흰옷이 검은 옷에서 나오고 검은 옷이 흰옷에서 나왔다는 이치가 그것이다. 빛과 그림자는 이렇듯 억 겹이면서 홑겹인 원형질의 옷 이야기가 된다.'

2

나는 범사의 초대를 받았다. 본격적으로 영검팔체도법의 실현을 구축하는 그림자껍질에 대한 취재를 하게 된 것이다.

"고맙습니다. 그림자껍질 이야기로 4차원의 실상을 세상에 펼쳐 보이라는 뜻인 줄 알겠습니다."

"무슨 그렇게까지야, 오히려 실망하지나 말아요."

범사는 나를 당신의 꿈속으로 데리고 들어갔다. 이 무슨 '사자死者의 서書'에나 나올 법한 영계의 체험인가. 범사 곁에 천녀다 싶은 여인이 나타났다. 나는 가슴이 두근거리고 눈이 휘둥그레졌다.

"역시 놀라는군요. 제 아내입니다."

범사가 소개한 여인이 나에게 인사를 하고 두 손에 받쳐 든 무엇인가를 내밀었다. 나는 여인의 빈손을 내려다보며 정신이 뽑힌 안색이 되었다. 분명히 그림자껍질을 받으라는데, 실체가 없는 것을 어찌 받는단 말인가. 나는 범사와 여인을 번차례로 바라보았다.

"투명빛깔의 그림자껍질을 보지 못하는군요."

범사는 나의 손을 끌어다 자신의 가슴에 원을 그리며 만지게 했다. 그리고 나의 귀에 속삭였다.

"따라 하세요. '이 사람의 그림자껍질이 저 여인의 팔에 들려 있다. 없는 실체를 보기 위해 마음의 눈을 떠야 한다.' 눈을 감고 세 번 주문 외우듯 말하세요."

나는 그의 주문을 따라 외우고 여인의 팔을 내려다보았다.

'아, 그림자껍질!'

투명한 잿빛을 뿜는 범사의 그림자껍질이 여인의 내민 팔에 들려 있었다. 나는 여인에게 허리를 굽혀 예를 보인 다음 그의 그림자껍질을 받아 마주 바라보이도록 세웠다. 범사의 그림자껍질은 홀로 섰다. 잿빛의 투명옷처럼 보이는 그림자껍질에 절로 내 마음이 정화되는 듯했다. 전혀 뜻밖의 말이 내 입에서 튀어나왔다.

"오, 범사님의 그림자껍질! 이 투명형상이 사람 속을 걸림 없이 통과하는 사차원적 그림자껍질의 실체군요."

범사가 고개를 끄덕였다.

"이렇게 공상이 과학의 실체가 되는 거요."

범사의 말은 꿈 안팎을 뒤집었다. 나의 머릿속이 밝아졌다. 어느새 나는 그의 그림자껍질을 입고 꿈과 현실을 넘나드는 자유를 느꼈다.

3

내가 취재한 그림자껍질에 대한 범사의 기사는 대박이었다. 이어 SNS에 오르고 공상과 과학이 접목된 특별 대담이라는 찬사의 댓글이 폭주했다.

'그림자껍질을 벗길 줄 아는 범사는 자신의 몸속 양성, 남성성과 여성성의 그림자껍질을 자유자재로 벗긴다. 검도로 달련된 그의 몸은 양성의 경계를 공유융합하고 있기에 그렇다. 그의 마음먹기에 따라서 여성성의 그림자껍질을 벗길 수도 있고, 남성성의 그림자껍질을 벗길 수도 있다는 것이었다.'

이 글은 독자의 상상을 확장시켰다. 그렇다면 누구나 자신에게서 양성 그림자껍질을 벗겨 선물할 수도 있고 물건처럼 상품화시킬 수 있는가?

세상의 모든 일은 돈과 관계되어 있다. 그림자껍질도 돈이 되겠다 싶은 데서 이야기가 달라졌다. '그림자껍질 벗기는 비법을 검도에서 배울 수 있다'는 말의 파장은 영부 범사를 매도하는 쪽으로 몰고 갔다. 범사가 그토록 신문 기사화되는 것을 꺼렸던 까닭이 거기에 있었다. 나는 범사의 명예에 누가 되지 않도록 최선을 다해 SNS의 답글을 썼다. 그러나 상업적인 상상의 물음에 대한 답글은 한계가 있었다.

"범사님의 그림자껍질을 입고 기사를 쓴 것 같은데, 그건 이심전심으로 가능한 이야기지, 사실이 아니죠? 사실이라면 좀 더 구체적인 설명을 듣고 싶어요."

나는 답신을 멈췄다. 범사에 대한 답글이 답이 될 수도 있고, 안 되고 오히려 누가 될 수도 있다는 생각이 들어서였다. 대신 다른 복안을 위해 나는 취재 때의 현상들을 다시 정리해 보았다.

나를 취재하는 이유가 뭡니까? 검도를 알고 싶은 거요, 이상한 노인의 행적이 알고 싶은 거요? 나는 두 가지를 다 밝히는 기사를 쓰고 싶다고 했다. 욕심이 대단하오. 하긴 검도 이야기 속에 내가 있고, 내 속에 검도가 있기는 하지요. 하지만 그것을 이해하기가 그리 만만하지가 않아요. 가령 이런 내용을 기사화하면 독자가 이해할 수 있겠소? 새벽녘에 나는 내 그림자껍질과 진검승부 대련을 함으로써 검도 최고수의 수련을 해요. 그러다가 떠오르는 태양을 등지고 그림자껍질을 향해 진검 춤을 추지요. 원융무애의 춤은 그림자껍질이 알아봐요. 마침내 몸과 그림자가 분리되는 황홀한 경지를 맞게 되지요. 그렇게 검의 길이 열리면 나의 몸과 그림자는 서로를 넘나들어요. 빛의 속도를 읽는 자유가 거기서 생겨나지요. 그 마음을 끊어낸 환희의 공감은 아무리 뛰어난 작가라도 문장으로 그릴 수 없어요. 이 빛의 신성은 모든 사물에게 그림자를 입혀요. 악의 빛 그림자껍질, 선의 빛 그림자껍질이 그것인데, 이 둘을 구별하여 진검승부를 낼 줄 알면 영검 범사라 부르지요. 하지만 검도인의 대부분이 어느 순간 내가 나에게 속는 줄도 모르고 속는 경지에 머물러버려요. 그때 악의 빛 그림자껍질은 내게 몸의 힘으로 무예의 춤을 추게 하고, 선의 빛 그림자껍질은 마음의 힘으로 무예의 춤을 추게 하는데, 이 경계의 혼돈에서 깨어나야 해요. 다행히 나는 이 혼돈을 작가의 끈질긴 취재 덕분에 가설을 정설로 바꿔 생각하게 되었어요. '두 그림자껍질이 다르지 않다. 선과 악의 그림자껍질이 차별 없이 나의 스승이다.' 이만한 확신은 꼭 그것에 걸맞은 깨우침의 실행이 따르지요. 꿈에 내가 아내에게 그림자껍질 한 벌을 선물한 사실이 그것입니다. 범사를 스스로 증득한 셈이지요. 이제 나를 검도하는 사람이라 믿어도 좋소. 검도의 경계에서 자유할 수 있는 과정을 모두 치렀다는 말이오. 검도인이 달인이라 불리기까지는 악과 선의 그림자껍질을 벗겨내는 시험을 통과해야 해요. 그래서 그 결과물인 두 벌의 그림자껍질을 작가에게 주는 것이오. 나의 아내가 준 그림자껍질이 선의 그림자껍질인지, 내가 준 그림자껍질이 악의 그림자껍질인지는 작가가 입어 보면 구별이 될 거요.

나는 깨우침의 망치로 얻어맞은 듯 머릿속이 환해졌다. 한 벌의 그림자껍질을 입고 '범사의 기사'를 썼다면, 다른 한 벌의 그림자껍질을 입고 '범사의 전기'를 쓸 수 있겠다는 생각이 들었다. 나는 마음 깊이 다짐했다.

'글의 소명을 위하여 작가는 항상 새로운 문제의 답 아닌 답을 쓰는 것이다. 역설적이지만 답의 답을 쓰려고 작가의 그림자는 달려간다. 태양을 향해 달려간다.'

4

나는 범사에게서 받은 그림자껍질을 입고 거울 앞에 섰다. 위용이 검도의 달인이다 싶게 달라보였다. 지난

번 기사를 쓸 때 입었던 그림자껍질은 범사의 아내에게서 받은 것이고, 지금 입은 그림자껍질은 그가 직접 준 것인데 뭔가 알 수 없는 차별성이 느껴졌다. 그럴 것이 모든 사물이 빛의 질량에 비례하는 그림자껍질을 입기 때문이었다. 따라서 빛의 층위로 입은 그림자껍질마다 그 회색의 농도가 각기 달랐다. 그의 그림자껍질을 입고 범사가 된 품위와 느낌은 싫지 않았다.

나는 범사의 그림자껍질을 입고 집을 나섰다. SNS에 글을 올린 사람이 만나자고 한 카페에 들어서며 나는 두리번거렸다. 검은 생머리를 뒤통수에 질끈 묶고 노란 리본을 꽂은 여자가 다가왔다. 전혀 뜻밖이었다. 여자가 먼저 손을 내밀었다.

"범사님 기사를 쓰신 작가시죠?"

나는 여자를 살폈다. 검은 단비를 연상시키는 여자의 인상이 강렬했다. 피부가 검고 이목구비가 뚜렷하고, 흡입력이 강한 눈빛이었다.

'별수 없이 범사님도 세상일에 끌려다니는 범인이 되고 말았다. 회수를 넘기면 신선이 되실 줄 알았는데….'

나는 SNS에 올린 여자의 글을 떠올리며 마주앉았다.

"범사님과는 어떤 관계냐고 물어도 될까요?"

"팔 년 동안 범사님께 검도를 배웠어요."

이런, 제자와 스승에 대한 이야기를 왜 나는 한 번도 묻지 않고 범사 또한 한마디도 하지 않았을까.

"사제지간인데 비난하는 까닭이 따로 있겠네요."

"그림자껍질 때문이에요."

나를 향한 여자의 눈이 더욱 강한 빛을 뿜었다.

"영기永技, 제 본명을 범사님은 그림자의 기운이 있다며 영기影氣로 바꿔 부르셨어요. 팔 년 동안 스승의 그림자로 산다 했지요. 범사님을 떠나기 전까지 저는 수제자로서 영검팔체도법 전수 마지막 과정인 진검수련을 쌓고 있었어요. 그런데 최고 마의 한 수에 걸렸어요. 최종 진검대련 때 제가 범사님 왼 손등 그림자껍질을 베고 말았어요. 대련을 끝내고 범사님은 제게 말씀하셨지요."

영기는 깊은 한숨을 내쉬었다. 그리고 스승의 음성을 흉내 냈다.

"너는 나를 넘어섰다. 그림자껍질을 베는 검법, 영검팔체도법을 스스로 터득했으니 이제 나를 떠나 너의 길을 가거라."

"역시, 그림자껍질 이야기는 검도계의 오랜 화두였군요?"

"그 화두에 불을 붙인 분이 범사님을 지상에 끌어낸 작가시구요."

"화두의 불이 횃불이 되기를 바라야 할까요?"

"그 불은 넓게 멀리 보일수록 좋아요. 화두의 불을 만인이 붙들어야 하니까요."

영기는 나의 왼 손등을 어루만졌다.

"바로 여기 칼에 베인 자국이 있잖아요."

나와 영기는 동시에 그림자껍질의 상처 자국을 감지했다. 순간 나는 감전한 듯 손등의 아픔을 느끼고, 그 반향으로 영기의 손이 마구 떨렸다.

"조금 전, 카페에 들어설 때 이미 범사님의 그림자껍질을 입은 저를 알아보셨군요?"

"물론이죠. 작가님과는 초면이잖아요."

영기의 눈빛이 흐려지며 물기를 머금었다.

"저는 지금 범사님과 마주앉은 기분이에요."

영기의 말이 내게 주술의 기를 불어넣었다. 나는 서서히 범사의 실체가 되어갔다. 범사의 그림자껍질 속에서 내가 빠져나가고 그 빈 껍질 속으로 범사가 들어왔다. 영기의 눈에서 눈물이 흘러내렸다.

"범사님, 죄송해요. 영검팔체도법은 범사님 앞에서만 쓸 수 있는 검법인 것을 이제야 알았어요. 미욱한 제자를 용서하세요."

영기의 진한 감정이 내 안의 범사를 감동시켰다.

"그래, 우리는 그때 이미 서로를 다 알았다."

"아닙니다. 범사님은 저를 알았지만 저는 전혀 범사님을 모르고 날뛰었어요. 처음으로 돌아가 영검팔체도법을 정통으로 전수받도록 다시 받아주세요."

영기가 범사의 상처 난 손등을 조심스럽게 또 만졌다. 그림자껍질 속 범사가 손을 뒤집어 영기의 손을 쥐었다.

"이 손에 들린 검이 내 손등을 베었을 때 내가 피하지 않은 까닭을 모르고 떠나는 네가 못내 아쉬웠지. 그러나 우리가 각기 홀로 서기 위해서는 부득이 속이고 속는 법도 서로 나누는 때가 있는 거야. 그것을 인과의 수순이라고 해. 그때 내가 너를 붙들었다면 어땠을까. 오늘의 만남은 결코 없었겠지. 왠지 알아? 몸을 붙들면 마음이 떠나고, 마음을 붙들면 몸이 떠나는 너였거든."

영기가 웃으며 범사의 손을 두 손으로 감싸며 어루만졌다.

"범사님, 저는 지금 몸과 마음이 함께 돌아왔어요. 믿으시죠?"

범사가 고개를 저었다.

"믿기지 않는다고요?"

영기의 음성이 떨렸다.

"세상사 모든 관계는 공백 난 시간을 몸과 마음으로 다시 채워야 해. 특히 검도인에게 있어 관계의 공백은 엄격한 점검이 필요하지. 검도인은 수련의 기로 상대를 새로이 알아볼 때 진검대련을 할 수 있기에 그래."

"예, 범사님과는 평생 진검대련은 하지 않을 거예요."

"그새 마음이 삐진 거냐?"

"아니요, 범사님이 인가를 할 때까지요."

처음 빛이 있으라 한 그때부터 그림자는 모든 사물의 옷이 되었다. 그렇듯 질량불변의 옷으로 그림자는 존재의 태가 된 것이다. 그 진리의 태를 바라보며 범사는 영검팔체도법影劍八體道法을 깨우쳤다. 머리, 목, 어깨, 팔, 손, 복부, 다리, 발, 몸의 여덟 급소에 검을 넣어 그림자껍질을 벗겨내는 검법이 그것이었다.

자신의 그림자와 싸우는 순전한 영검팔체도법은 몸과 마음이 완전히 몰입하는 대련으로 숙련되었다. 새벽 미명에 시작하는 영검팔체도법 대련은 아침 해가 치솟으면 절정에 이른다. 수없이 빛과 그림자의 층위를 쑤시고 가르는 검은 단전에서 솟구치는 기압과 함께 일순간 몸의 여덟 급소에 검의 기를 불어넣어 그림자껍질을 벗기는 것이었다.

범사의 곁을 떠나기 전까지, 영기는 스승과 제자의 영검팔체도법 대련으로 몸과 마음을 닦았다. 몸도 마음도 상함이 없는 영검팔체도법은 스승과 제자를 하나로 보고 느끼게 했다. 대련이 끝나면 범사는 일렀다.

"너와 내가 대련을 함에 있어 몸이 하나가 된다. 온전한 하나의 몸, 그 몸은 결코 자신의 몸을 베지 않는다. 하나의 몸은 그림자만 다르기 때문에 그림자껍질을 베어낼 수 있다는 말이다. 따라서 그림자는 하난데 몸이 둘이라는 생각에서 놓여나지 않으면 영검팔체도법을 통달할 수 없다."

영기의 수련은 범사가 우려하는 그 경계에 머물렀다. 검·몸·마음, 삼위일체 대련이 지속되지 않고 자주 끊겼다. 대련의 집중력이 떨어질 때 범사의 몸이 양기 충천한 남성의 몸으로 보여 헛힘에 끌려다녔다. 양기의 몸과 음기의 몸이 하나가 되어 대련하기는 아직 마음의 수련이 더 필요했다. 죽도, 목검, 진검의 세 과정 중 영기는 목검 과정의 수련기에 있었다. 범사는 영기가 그 경계를 넘어서기까지 진검대련은 하지 않았다. 그럴수록 영기는 목검 수련기를 지나 진검 수련을 할 수 있다고 자신을 믿었다. 그것이 사단이었다.

"진검대련을 앞당기는 것이 너를 지키는 일이 될 수

도 있고 버리는 일이 될 수도 있다. 어느 경우든 감당할 수 있겠느냐?"

스승이 마지막으로 묻고 제자는 예, 라고 답했다. 그리고 스승과 제자는 다시 만난 것이다.

"그때 스스로를 믿는 대답이 내 그림자의 손등을 베고, 너는 나에게서 떠나갔다. 이제 그 기억을 지우기 위해 우리는 만났다."

"예, 범사님. 그때는 그것이 제 한계였습니다."

"그래, 다시 시작하는 수련은 한계가 없다. 항상 다함없는 시작이니까."

사무실로 쓰는 오피스텔에서 범사의 그림자껍질을 입은 나는 오로지 스승으로서 제자 영기를 맞았다.

"검도만이 아니라 모든 일은 끝이 없는 시작이다. 끝이 없는 시작을 다시 하겠다니, 가히 너는 내 제자다. 영검팔체도법이 몸에 익어갈 때 마음과 함께 익히기를 바라서 네게 한 말이 있다. 그 말을 기억하느냐?"

"벗으면 벗으리라, 그 말뜻을 새기라 하셨지요."

"그래, 그때처럼 또 새길 수 있겠느냐?"

영기는 입을 꾹 힘주어 다물고 시선을 천장에 두었다. 쉽지 않은 결전을 앞둔 결의에 찬 표정이었다. 영기가 서서히 자리에서 일어섰다. 순간 범사는 3년 전

영기의 영검팔체도법에 베인 두 귀의 아픔을 느꼈다.

"너는 내 두 귀의 그림자를 자르고, 듣지 않을 말을 들은 제 귀의 그림자도 함께 잘랐다고 했다. 여전히 그때나 지금이나 너의 매운 검 맛은 같다. 너는 너다."

"범사님은 그때도 벗으시고 지금도 벗고 계십니다. 그런데 저는 여전히 벗지 못하고 있어요. 벗었다 하는 이 걸린 마음을 깨뜨려주십시오."

"본래 마음은 깨지지 않는 그릇이다. 절대 마음은 마음을 깨뜨리지 않음을 너는 다시 체험할 것이야. 마음은 벗고 입음이 따로 없다. 단지 분별이 허상을 만들어 범사는 벗고 나는 입었다 하는 것이다."

"범사님 눈에는 지금 제 몸이 벗은 몸입니까?"

"내가 벗었으니 너도 벗었다."

범사는 어린 날 어머니의 손을 잡고 절집에 다니면서 들은 그림자 먹는 이야기로 검도인의 길을 지켜왔다.

"부처님께 절을 할 때는 부처님의 그림자를 먹어야 해. 그래야 금빛 부처님 마음이 너를 밝힌다."

어린 범사는 뜻 모를 말을 염불처럼 중얼거리며 부처님께 절을 했다.

"내가 누더기를 입었으니, 너도 누더기를 입었구나!"

추운 겨울날, 노승이 가난한 어린 범사를 안아주었다. 금불상이 내려다보며 잔잔한 미소를 머금었다.

"애야, 부처님이 우리에게 뭐라 하시느냐?"

어린 범사는 노승의 말을 그대로 옮겼다.

"내가 금 옷을 입었으니, 너희도 금 옷을 입었다."

노승과 범사의 어머니는 함께 웃었다.

실로 말은 말을 낳고, 행은 행을 낳는다. 그것을 알기까지 영기는 자신을 만지는 명상에 들어야 한다. 그러함에도 영기는 자신을 넘어서지 못한 말과 행이 앞섰다.

"제 눈엔 제가 벗었는데 범사님은 입고 계셔요. 왜 따라 벗지 않으세요?"

"서두르지 마라. 눈이 바로 뜨이려면 연습이 필요하다."

"누가 연습이 필요하단 말씀이세요?"

범사는 영기의 옷을 만졌다.

"내가 너를 따라 벗으면 너는 입는다, 아직은…."

스승과 제자의 영검팔체도법 수련은 다시 시작되었다. 두 대련자는 하루걸러 도복 색깔이 바뀌었다. 범사가 흰 도복이면 영기는 붉은 도복, 범사가 붉은 도복이면 영기는 흰 도복을 입고 목검대련을 했다. 목검은 서로의 그림자껍질을 쑤시고 잘랐다. 그림자는 정확한 급소 공격을 받으면 비명 대신 빛을 뿜었다. 그 빛은 상대의 그림자를 지웠다. 그 정석에 의한 공격이 자신을 지키는 안전한 대련임을 실전으로 터득했다. 대련이 끝나면 범사와 영기는 서로의 그림자를 마사지하듯 만졌다. 공격당한 그림자껍질의 급소를 점검함으로써 서로의 검력을 확인하는 것이었다.

"이제 목검을 놓고 진검을 들어도 되겠다."

겨울과 봄, 두 계절의 목검수련기를 마쳤다. 마침내 영기는 범사의 재인가를 받고 진검을 들었다. 영검팔체도법 최고수의 수련기가 시작되는 것이었다.

"목검대련 때 매일 도복 색깔이 바뀐 까닭을 아느냐?"

"대충 가늠이 되긴 하지만 범사님 깊은 뜻을 완전히 헤아리진 못하겠습니다."

"내가 너를 입고, 네가 나를 입은 대련이었다. 입고 벗고, 벗고 입고, 상대 대련자의 다른 색깔 도복 속을 서로 들고 남으로써 피아의 검력을 알게 되었다. 둘이 하나가 되고 나와 남의 경계가 환히 보이는 검의 자유한 경지에 우리는 이르렀다. 비로소 흰 피와 붉은 피의 대련 과정을 용케 체득한 것이다. 이제 진검을 들어 그림자껍질을 벗기는 영검팔체도법을 실행에 옮기는 수련만 남았다."

여름을 맞아 진검수련이 시작되었다. 검도장은 에어컨 바람으로 시원했다. 하지만 진검대련의 도복으로 가려진 몸은 땀에 젖었다. 벽거울 속의 도복에 땀이 배고, 땀의 무게를 재는 두 대련자의 숨결이 멈춘 듯 깊었다. 순간, 앗! 범사의 검이 여자의 가슴 그림자껍질을 갈랐다. 여자가 떨어뜨린 검을 거두고 범사 앞에 허리를 굽혔다.

"팔체 중 복부의 상징인 가슴이 베이도록 검의 마음이 어디 가 있었느냐?"

"몸의 모든 방위와 통하는 범사님 배꼽에 가 있었습니다."

"그럼, 배꼽의 일백 방위 기의 그림자껍질을 보았느냐?"

"보았다 싶은 찰나, 가슴에 범사님 검이 들어왔습니다."

"검이 생명의 급소를 공격할 때는 반드시 상대에게 그에 준한 급소를 내놓게 된다. 너의 검은 나의 배꼽을 겨누고, 나는 너의 가슴을 겨누었다. 이때 급소의 경중으로 검은 승점을 얻는다. 들어가고 나가고 베고 자르는 검의 길은 그렇듯 정직하다. 나아가 검의 묘법이 진리적일 때 하늘과 통한다 했다."

죽도로 부풀리고 목검으로 다진 그림자껍질을 진검으로 벗겨내는 영검팔체도법의 마지막 수련기의 대련도 가을철에 이르러 최종 점검에 들어갔다.

"사계절 동안 몸이 마음을 짊어지고 검과 잘 놀았다. 이제 이 진검대련은 춤이다. 너와 나의 몸이 마음을 쉬게 하는 온전한 한 판, 그림자춤을 추는 것이다. 도복 속에 너와 나는 없다. 없는 것이 있는 것을 이기는 영검팔체도법의 실현이다. 자, 들어간다!"

범사의 흰 도복, 영기의 붉은 도복 그림자껍질이 은회색 복선 태로 마주서서 진검을 뽑았다. 삼십삼 합의 진검승부가 세 번 이루어지고, 아홉 합이 머리 목 어깨 팔 손 복부 다리 발, 팔등신의 그림자껍질을 벤 다음 검은 원위치에 돌아왔다. 도합 백팔 합의 진검대련은 전광석화로 끝났다.

"영원한 검의 길, 영검팔체도법을 너와 내가 이뤘다!"

범사와 영기가 마주 절하고 각자 탈의실로 들어갔다. 잠시 뒤 몸을 씻고 평복이 된 두 사람은 정중히 받쳐 든 도복을 서로에게 건넸다.

"잘 해냈다. 나의 흰 도복과 너에게서 받은 붉은 도복을 함께 건네며 영검팔체도법을 전수 승계한다. 흰 도복은 흰 피를, 붉은 도복은 붉은 피를 상징한다. 순정한 힘, 열정의 힘이 생명을 지킨다. 잊지 마라. 우리는 이제 서로 벗길 그림자껍질이 없다. 온전히 빛의 알몸이기 때문이다. 그래서 너는 떠나는 빛이 되었고, 나는 남는 빛이 되었다."

마지막 영부 범사의 말이 영기의 마음을 가득 채웠다.

이것이 내가 취재한 영부 범사의 영검팔체도법 승계의 이야기이다. 실존이면서 환상인 통시성의 실험적인 이야기가 현대인의 인성 이해에 도움이 되었으면 한다. 스승 제자간의 흰 피와 붉은 피의 수련의식이 어떤 상징인가. 해석이 가능하면서도 모호한 점이 없지 않다. 음양의 몸과 마음이야기는 파고들수록 신묘한 생명적인 것이어서 더욱 어려운 것이 되고 만다. 모든 사람의 피 색깔은 검붉어 보인다. 그러나 생명인 검붉은 피는 단색이 아니다. 그 붉음 속에 흰색이 공존하기에 그 조화의 힘이 생의 기운이 되는 것이다. ✸

명상은 생각이야기로 꽃사람꽃을 피워냅니다 모든 우리 꽃사람꽃 참 아름답습니다

꽃사람꽃

남무南無 씨가 내게 온 것이 아니다. 내가 그를 찾아
갔다. 지금 형편으로는 그가 나를 찾아야 하는데 바뀐
셈이다. 가정의 재정을 파탄내고 이혼한 그는 홀로 옥
탑 월세방에서 살았다. 월세 내기가 어려운 그는 마켓
에서 알바를 했다. 나는 월셋집 주인이 알려준 마켓에
가 일하는 그를 이쪽에 떨어져 한참 동안 지켜보았다.
생이라는 것, 참말로 별것이 아니다. 명문대학 언어학
과를 졸업하고 복수전공의 미학에 심취했다가 소설을
써서 문단을 놀라게 했던 사람이 무슨 업보로 증권에
빠져 천문학적 환상의 돈 꿈을 꾸다 저리 되었을까. 작
가는 머리의 만능을 오로지 창작에만 써야 한다. 돈의
만능이 주로 물질의 계수에만 쓰이듯이, 그런데 그는
그 둘을 하나로 묶을 수 있다고 믿었다.

"원고은행을 만들어 모든 작가들 가난을 내가 다 살

거야!"

증권에 대한 논리적인 해석과 호언장담은 그의 친인척 지인들에게 호소력이 컸다. 원고은행회사 투자 자금이 그의 구상대로 모아졌다. 세상의 숫자놀음 중 증권에 대해서 그는 꿰뚫는 지혜가 있다고 스스로를 믿었다. 게다가 그의 기업부흥예측론은 그만의 독특한 주식투자 해법으로 신의 수를 읽는다고 했다. 게다가 문학하는 고도의 정념을 주식투자에 쏟으면 돈은 저절로 굴러들어 온다는 것이었다.

일확천금, 그의 돈 꿈 연출은 돈을 끌어 모으는 돈판 연극으로 대박이다 싶었다. 그러나 증권투자 초장의 대박은 흥행극으로 제법 환상의 곡예를 낳았지만 그리 오래 지속되지 않았다. 그는 사람 머리로 신적인 계산을 하다 그만 삶이 거덜나고 말았다. 나도 그에게 정신적으로 피해자다. 지인들을 그에게 소개하고 박수를 쳤으니까. 초기 원고은행은 누구도 실패를 생각하지 않았다. 투자금 10배에 이르는 증식거래를 보고 모두 갈채를 보내며 돈에게 절했다. 그러나 물질의 허망함 앞에 인심은 냉정하고 준엄했다. 그가 배팅하는 국내외 주식마다 엉뚱한 결과로 뒤집히고 원고은행은 새로운 투자금 없이 정지상태에 이르자 큰 투자자들은 근저당 설정한 그의 집이며 부동산을 정리해버렸다. 나

또한 천재의 꿈에 동참하려다 함께 나락으로 떨어져 허우적거렸다. 실로 선과 악이 뒤얽힌 인연이었다. 우리의 인과는 패륜과 사회악 두 가지 비난을 낳았다. 사제관계가 발전하여 그의 비자금을 관리하는 내연녀가 되어버린 것이었다. 나는 그 정황에서 변명의 기회를 얻지 못했다. 일방적인 해석과 비난으로 우리의 아픔은 너무 골이 깊어졌다. 다행히 얼마간 시간이 지나자 비자금관리 내연녀의 허명은 벗겨졌다. 그러나 그가 이혼을 하고 우리는 서로 도무지 안다 할 수 없는 관계가 되어버렸다. 그러는 것이 우리가 서로에게서 놓여나는 길이었다.

시간은 흐르고 그 세월은 모진 인연을 확인하게 만들었다. 과거에서 놓여난 삶, 새로운 자연인으로 거듭난 그는 누굴 만나도 초연하다고 했다. 나는 그에 대한 떠도는 풍문들을 직접 눈으로 확인하고 싶어진 것이었다.

마켓 계산대 앞에 서 있는 저 사람. 그저 현상으로만 보기에는 한 장면의 그림일 뿐인 모습 속에 어떤 욕심이 있다 하겠는가. 그런데, 평범하고 소탈함 속에 오히려 세상 번민이 숨어 있다. 나의 세상일에 관한 생각이 새삼 그의 생존현장을 뚫고 지나갔다.

누구나 자기 깜냥의 일로 생을 살아간다. 일반 여러

종류의 일을 하는 사람, 특수 전문성의 일을 하는 사람, 그렇게 부류를 이뤄 살아가는 것이다. 그는 지금 그가 천직으로 여기던 소설가의 전문성으로 돌아갈 수 없는 일을 하고 있다. 계산을 하고 카드를 입력하고 거스름돈을 건네고, 빠진 물건을 진열하고. 누가 그를 그 거죽의 모습만 보고 소설의 천재를 숨긴 사람이라 알아볼까. 감춘 뒤쪽, 모든 사람은 그곳에 신적인 자신을 숨겨둔다. 그래서 사람을 외모만 보고 실체를 알아볼 수가 없다 한다.

나는 마켓에 들어섰다. 그가 보던 신문을 거두고 나를 바라보았다. 먼 기억으로 밀려난 사람을 보듯 그의 눈빛은 전혀 놀라는 기색 없이 덤덤하다. 나는 예전 감정이 살아나 웃음을 빼어 물려다가 아, 이건 아니다 싶다. 무슨 말을 해야 하나 내가 머뭇거리자 그가 말했다. 어떻게 알았어요. 몇 년 만인데 이렇게 맹한 말을 할 수 있나. 정신을 어디다 뽑아버린 듯 무감정인 그의 얼굴이 딴사람이다. 물어물어 옥탑방 주인을 만났어요. 그의 흐린 눈빛이 스러지고 어눌한 음성이 이어졌다. 여기서 우리가 몇 마디 대화는 나눌 수야 있지요. 하지만 어떤 결론을 낼 수는 없어요. 그리고 그 대화마저 손님이 오면 바로 끊어져요. 그러니 언제고 오전에 제 옥탑방에 오세요. 무슨 대책이 나올 입장은 아니지만, 저간의 이야기를 듣고 제 자신을 좀 정리할 수 있게요.

산다는 일이 신산하다고해서 어줍잖게 위로를 하다 보면 오히려 자존감에 깊은 상심을 줄 뿐이다. 나는 그의 거처를 알았기에 조금 시간을 두고 다시 찾는 것이 옳을 듯싶었다. 마음의 여유가 생겼다. 나는 그의 손을 잡았다. 그의 말대로 하겠다는 뜻이다. 창백한 그의 손이 파르르 떨렸다. 그래요, 오전 시간이면 어제든 만날 수 있겠네. 미리 날짜 잡지 않고 오늘이다 싶은 날 불쑥 갈게요.

몇 번 나는 그의 옥탑방으로 가려는 발걸음을 멈춰섰다. 감성의 발걸음을 뛰어놓다가 이성의 발걸음으로 돌아선 것이다. 그와의 인연은 여기까지가 끝이다. 그리고 한동안 그를 잊은 듯 내 일에 바빠 살았다. 그러던 어느 날 나는 스케치북에서 그의 캐리커처를 발견하고 그와의 관계를 새삼 다시 떠올렸다.

한때 그에게 소설을 배웠던 나를 그는 무당 딸로 착각하고 마음을 열었다. 미술을 전공한 여자에게 소설을 가르칠 마음을 먹은 까닭이 따로 있다고 하셨는데, 그 까닭을 말해 줄 수 있어요? 그는 나를 바라보며 고개를 끄덕이다 가로 저었다. 분명 까닭이 있는데 말로 표현하기가 쉽지 않습니다. 이것이다 싶은 의식이 있는데 말을 하려고 하면 잡히지 않고 사라져요. 그는 그의식을 말 이전의 무엇이라고 했다. 나는 그것을 굳이 캐려들지 않았다. 우리는 그렇게 말의 벽을 넘지 못하는 어벙한 사이였다.

소설을 공부하는 동안 나는 그에게서 그 말이 되지 않는 까닭의 말을 다 들은 기분이 되었다. 말을 듣지 않고도 이상한 기분으로 터득되는 관계의 아름알이, 그것이 우리를 투명하게 만들었다. 투명한 의식은 서로의 몸과 마음을 자유로이 넘나들었다. 그리고 우리는 서로 몸을 탐하지 않는 무아적인 멍한 상태로 한 밤을 지냈다. 우연히 길거리에서 만나 아무런 감정 욕구 없이도 몸을 나눌 수 있는가를 시험하듯 그 밤은 지나갔다. 어떤 빙의 상태가 아닌가 싶은 밤을 지나고 그가 말했다. 첫 인상이 무당 딸 분위기를 풍겼어. 백치미 얼굴에 아는 것이 많고 엉뚱한 말을 내뱉듯 하는 그 경박스러움이 매력이다 싶었거든. 나는 그의 목덜미를 만졌다. 그래서 우리의 섹스는 무의미를 지나서 유의미에 가 닿았나요? 나로서는 심각한 물음이었다. 어려우면서도 어느새 몸의 경계를 편안히 넘어서버리는, 편하면서도 아주 어려워 멈춰버리는 몸의 말이 무속인 가계의 유전자 탓인가? 답이 없는 물음이었다. 정상이 아닌 우리 몸의 말에 대해서 답을 내지 않고 그는 고개를 저었다. 내가 뭐야? 하는 눈을 치켜떴다. 그의 미지근한 표정에 실낱 웃음이 지나갔다. 미안하지만 나도 이렇게밖에는 달리 어쩔 수가 없어, 하는 얼굴이었다. 그것으로 우리의 몸은 무의식의 빙의섹스를 더 이상 갈망하지 않고 전혀 없었던 일로 잊어먹었다.

그날 이후, 그러니까 마음이 있는 것도 없는 것도 아닌 몸의 말만 나눈 섹스를 체험한 뒤, 나는 자주 그에 대한 꿈을 꾸었다. 그와 내가 서로의 마음속을 넘나드는 정황의 꿈은 내가 쓰고 싶은 소설의 장면들이었다. 그러니까 그의 잠재의식 속의 분신인 전생의 코끼리, 나의 잠재의식 속의 분신인 무당 이모 코끼리가 사랑을 나누는 사랑을 그리고 싶은 것이었다. 나는 이 꿈의 가설이 빙의의 소설을 낳으리라 여겨졌다. 그렇다면 이것은 소설을 꿈에서 채집하라는 무의식의 예시다. 나는 예시의 꿈들을 가지고 소설의 집을 지어 나갔다.

그에게 소설공부를 하겠다고 갔을 때 우리의 눈길은 이상한 전율의 빛을 뿜었다. 어디선가 스치고 지나친 인연의 기시감. 그러나 그의 얼굴 어디에도 그런 기억을 숨기고 있지 않았다. 그도 내게서 나와 같은 기시감에 사로잡힌 눈으로 내 얼굴을 뚫어 보았다. 선생님,

초면인데 제 얼굴 너무 깊이 살피세요. 가슴이 핫해서 얼굴이 붉어져요. 내가 두근거리며 눈길을 사렸다. 미술 전공자답네요. 표현으로 언어의 질량을 달줄 알아야 글도 써요. 그럼 소설 지도 면접은 통과된 셈인가요? 아니요, 두 번 더 봬야 해요. 오늘이 목요일이니까, 다음주 목요일, 그다음 주 목요일에 소설가의 길을 함께 가느냐는 결정해요. 역시 문장의 술사시라더니 까다롭군요. 오늘 테스트는 이것이 다예요? 그렇습니다, 이다 씨. 이제 그만 가셔도 됩니다. 제 이름에 씨자를 붙여 부른 분으로 선생님이 몇 번째일까. 이상하게 아슴한 잠을 깨우는 음성이세요. 그 음성을 지닌 분의 용안을 스케치해도 될까요. 시간 길지 않아요, 딱 삼십삼 초면 돼요. 나는 왼쪽 볼 보조개를 파며 눈을 치켜떴다. 그 표정으로 다시 허락을 구하는 것이었다. 그는 내 볼에 파인 보조개가 풀리는 것을 보고 눈을 지그시 감았다 떴다. 허락한 것이다. 나는 상시 준비해 다니는 손바닥 크기의 스케치북을 꺼내 펼치고 그를 강한 눈빛으로 쏘아보고는 단숨에 캐리커처로 그의 얼굴을 거머쥐었다. 시선과 손의 순간 응축, 그의 얼굴 뒤쪽까지 넘보는 캐리커처가 그려진 것이었다. 두 주 동안 저도 이 선으로 그린 선생님의 얼굴을 훔쳐보며 소설 창작의 지도를 받을 분인지를 연구할게요.

우리는 서로를 시험했다. 세상 모든 만남은 그 나름의 상대적인 계산방법에 따른 만남이 이루어진다. 나는 그에게 그는 나에게 세 번의 면접을 통과해야 소설을 가리치느냐, 소설을 배우느냐를 결정하는 것이었다.

두 번째 만났을 때였다. 그가 물었다. 혹시 이다 씨 모계에 무속인이 있나요? 나는 바로 받았다. 이모가 무당이에요. 그 유전자 때문에 그림에 만족 못하고 소설까지 쓰려는 거죠. 유전자, 그래요. 그 피의 한을 소설로 쓰고 싶어요. 좋습니다. 하지만 그 마음을 서서히 즐기다가 마침내는 완전히 내려놓아야 작가의 길을 갈 수 있어요. 이다가 그럴 수 있으리라 믿어지세요. 아직은 그럴 수도, 그렇지 않을 수도, 반반으로 보여요. 저를 정확히 보시는 것 같아요. 그 반반, 가능성과 안 가능성 중간에 서서 중용의 바라봄으로 사람 색깔에 대한 소설을 쓰고 싶어요. 그렇게 쓰면 이다 씨 소설은 차별성이 분명할 겁니다. 특히 여성 소설가의 소설로.

마지막 면접, 나를 세 번째 만났을 때 그는 주문했다.

"오늘은 짧은 글로 나의 첫 인상을 쓰세요, 짧을수록 좋습니다, 물론 저도 이다 씨의 첫 인상을 쓰겠습니다. 시간은 1시간, 20분을 묵상하고 40분 동안 쓰는 글입니다."

금세 1시간이 지났다. 내가 스마트폰 메모판 글을 내밀었다. 그의 캐리커처를 그리고 그 아래 짧은 글을 쓴 것이다.

선생은 작은 키에 얼굴이 조금 짱구다.. 곱슬머리에 이목구비가 오밀조밀 재미스럽고 그러면서 똑바르다. 깊은 눈이 그윽한 빛을 띤다. 그 눈빛은 상대방의 전생까지 읽어낼 것 같다. 어딘지 서양인을 찌그려 놓은 듯 볼수록 천재의 관상이 짚어진다. 미간이 좁아 두 눈의 시선이 집요하다. 문장의 술사다운 예리한 눈이다. 천재성을 지닌 만큼 마음이 까다롭게도 보인다. 한때 메두사 머리카락을 가진 여자를 사랑했던 남자를 연상시킨다. 그는 연인의 수많은 뱀들 혓바닥 날름거림의 머리카락을 보며 '죽어도 좋아'라고 외쳤겠지, 싶다. 그때 연인은 강신무처럼 주술을 외어 혼미한 남자의 영혼을 맑혀주었으리라. 그리고 두 음양의 영혼은 완전한 태극의 사랑이 되었다.

선생에게서 왜 이 소설적인 가정이 가능한가? 그 물음에 선생은 당신만의 사람꽃 냄새로 답할 것 같다.

그에 대한 내 글이 형상의 이미지를 무리 없이 전한다며, 그는 면접을 통과시켰다. 그리고 그도 나에 대한 첫 인상의 글을 보였다.

소설지망 이력서를 보고 나는 그녀에게서 비위 상하게 하는 냄새를 맡았다. 이게 무슨 냄새지? 알 수 없는 냄새, 그래도 맡다보면 고래향인 줄 알게 돼요, 하는 냄새를 지우지 않는 이 여자를 내가 감당할 수 있을까. 미술 감각은 뛰어나 보이지만 문장 감각은 어떨지. 명백을 가릴 수 없어 혼미하다. 아무럼 넓이도 깊이도 알 수 없는 혼미의 뒤쪽 그녀의 참 얼굴이 보고 싶다. 무엇 무엇이고 싶은 이다라는 이름의 본 얼굴은 실재 나타나면 가면일 수도 있다. 본 얼굴이 가면이고 가면의 얼굴이 본 얼굴일 수 있는 불가해한 여자. 하지만 그 가면을 억지로 벗기면 피를 뿜고 뼈를 보일 것이다. 반드시 가면을 스스로 벗게 해야 한다. 이다는 눈이 밝다. 불꽃 눈이다. 맑음을 감추며 빛을 쏘는 눈이다. 그녀의 눈은 소설을 쏘는 눈이 될 수 있겠다.

그의 직관은 나의 문학성을 관통했다. 내가 쓴 글에서 그는 기대되는 기운을 보고 느꼈다. 우리는 서로의 면접에 통과되었다. 그러나 사제관계의 인연은 길지 않았다. 그의 증권투자 원고은행회사 사건이 사기극으로 몰린 뒤, 천신만고 끝에 발표한 소설이 큰 문학상을 받게 되어 새로운 전기를 맞나 싶었으나 그는 상을 거

절하고 잠적해버렸다.

그리고 그는 3년 만에 나타났다. 떠남과 돌아옴에 대한 그의 행적은 자신만 알았다. 그는 아무도 곁에 없는 외톨이 방식의 삶을 살았다. 그의 천재적 속성은 모든 도움을 피했다. 말없이 홀연히 떠난 그는 문득 언제 떠났던가 싶게 돌아왔다. 그러나 그는 옛 그가 아니었다. 모든 지난 과거의 삶과 단절한 채 그는 스스로도 믿기지 않는 거듭난 자연인으로 인생을 시작했다.

나는 그의 옥탑방을 찾았다. 출입 문틀 위에 '남무백상명상원南無白象瞑想院' 현판이 붙어 있었다. 지난번 그의 행방을 물어 어렵게 찾아왔을 때와는 그 분위기가 달랐다. 나는 숙연해지는 마음으로 문틀을 두드렸다.

"예, 열렸습니다. 들어오셔도 됩니다."

그의 음성이 반가우면서도 나는 바로 문을 열지 못하고 머뭇거렸다. 그가 문을 열었다. 나를 확인한 그의 눈빛이 스러졌다가 이내 밝은 빛을 머금었다. 십여 평 남짓한 원룸식 방은 그의 성품을 읽히듯 단정했다. 그 단정함 중에 인상적인 건 방안 동창 벽을 잇대어 널찍이 놓인 평상식 낮은 테이블이었다. 철 못을 쓰지 않고 옛 목가구 제작방식으로 짜맞춘 테이블은 방 중앙에 놓으면 십여 사람이 둘러앉을 크기였다. 그는 포개놓은 방석을 하나 내 쪽으로 내밀었다.

"앉으세요. 이 방은 명상하는 몇 사람뿐 오는 사람이 없어요."

나는 방석 위에 무릎을 꿇고 편치 않는 자세로 앉았다.

"불편하면 테이블 위에 걸터앉거나 기대앉아도 돼요. 명상하는 사람들이 명상할 때는 위에 앉거나 명상을 토론할 때는 내려앉는 테이블이니까요?"

나는 테이블에 편히 걸터앉아 그를 빤히 내려다보았다. 멈칫 그가 내 눈길을 피했다.

"많이 달라지셨네요. 꼬박꼬박 존댓말을 하고 눈길 마주침도 피하고 제가 많이 혼돈스러워요."

"미안해요. 지난날 나를 알았던 사람들은 이다 씨만 그러는 게 아니라 누구나 그렇게들 말합니다. 특히 가족들이 못 견뎌하는데도 나는 의식 한 부분을 살려내지 못해요. 그래서 모든 만남은 새로운 시작으로 똑같이 존대로 대하는 걸 이해해주세요."

이럴 수도 있구나! 사람이 달리 보일 수 있다는 말이 사실이었다. 사람의 의식이 어떤 부분 기억의 회로가 끊겨 육신과 정신이 비정상이라니, 어떻게 어디까지 이해해야 하나. 순간 나는 무당 이모의 무병을 떠올렸다. 얘, 이다야! 내가 왜 이러니? 니 속이 훤히 들여다

보여. 니 속에 웬 코끼리냐, 그것도 흰 코끼리가 들어 있어. 너, 남자 생겼구나. 이모는 나를 덥석 끌어안았다. 괜찮아. 코끼리 남자니까, 더욱이 흰 코끼리 남자니까. 이모는 황당해하는 내 의식을 거머쥐며 주술을 외웠다. 나는 이모의 품에 안겨 주술에 취해 서서히 깊은 잠에 빨려들었다. 그와 밤을 보낸 뒤 어느 날 일이었다. 이모, 이 사람 끊긴 의식을 내가 이어놓을 순 없을까. 나는 그의 눈을 깊이 들여다보았다. 그의 눈 검은 동공에 흰 코끼리가 보였다. 나는 그 코끼리에게 말하는 기분이었다.

"오늘은 선생님을 뵙는 게 아니라 한때 나를 안아주고 잠재웠던 선생님의 분신인 남자를 만나는 거예요."

그는 엷게 웃었다.

"그래요. 뭐든 알아서 그쪽 마음대로 생각하세요."

나는 말이 막혔다. 내 쪽 마음대로 자유스런 말이 나오지 않았다. 서로의 숨결을 들을 정도로 정적이 쌓였다. 이것은 그와의 또 다른 새로운 시작이다. 나는 이 정적에 더 이상 눌리는 것이 싫었다.

"현판에 쓴 남무백상명상원은 무슨 뜻이에요?"

"흰 코끼리에 의지한다는 말인데, 석가모니 부처님을 상징하는 흰 코끼리니까, 그 깨달음에 절하며 명상의 길을 가라는 거지요."

"명상원 원생들은 많아요?"

"이제 시작이어서 나까지 다섯입니다."

"저도 받아주실래요?"

"나와 소설공부를 하셨는데 그것으로 인연을 졸업하
세요. 이제서부터 아무나 못 쓰는 소설 쓰고, 이런 그
림도 그림이야 하는 그림을 그리세요. 전에 소설로 짧
은 시간 인연을 맺었지만 저에게서 배울 건 다 배우셨
어요."

왠지 그렇다는 기분이 들었다. 내 입에서 고맙다는
말이 나왔다.

"고마워요. 그동안 문학지 신인상으로 저 소설가 데
뷔했어요. 열심히 소설을 쓰고 그림을 그릴수록 그것
들이 나를 너무 구속해요. 제대로 되지 않아서겠지요.
왠지 이 테이블에 앉으니까 저도 명상을 하고 싶어지
네요. 소설과 그림에 대한 명상을…."

뭔가 불안하고 들떠보이던 그가 편안해졌다.

"참, 묘한 인연이군요. 함께 소설공부했던 다소 씨를
다시 만나겠네요."

"어머, 시 재능이 뛰어났던 다소 말이에요."

"그래요. 시로 데뷔를 했는데 꼭 소설가도 되겠다며,
명상이 소설이고 소설이 명상이라는 명제를 풀겠대요.
그녀가 반장이지요."

"소설이 명상이고 명상이 소설이다, 다소 말에 더욱 끌리네요."

"그럼 나오세요. 매주 목요일에 만나 구십 분 명상하고, 구십 분간 서로의 명상을 생각이야기로 정리합니다."

"생각이야기, 명상을 통한 소설의 본얼굴 이야기를 하게 되겠네요."

"두 분 표현은 여전히 재밌네요."

"다소는 아이가 없어 인공수정을 생각했었는데 어떻게 됐어요?"

"성공 못하고 입양한 아이와 잘 살아요."

나는 정작 묻고 싶은 말을 우회하고 있었다. 기억하고 싶지 않는 그의 과거가 의식에서 통째 사라졌다는 충격적인 사실을 확인하기가 그만큼 어려웠다. 그러나 더 뜸을 들일 수는 없었다.

"다소의 아이 입양은 크게 축하할 일이네요. 한데 우리의 인연은 어디까지 기억하세요?"

"결국 그 얘기가 나오는군요. 제가 많이 달라진 것 정신적인 문제여서 치유가 쉽지 않아요. 그냥 현상 이대로 보아주는 것이 치유에 도움이 돼요."

"그러고 싶은데 이대로는 우리가 가식 속에 있는 것 같아서요."

"그런 점에서 나도 내가 안타까워요. 지난 과거의 관계들이 어디까지가 기억의 경곗지를 몰라서요. 의사의 진단은 제 잠재의식이 비율리적이었던 과거사는 기억을 하지 않는대요."

"편리하군요. 그래서 더 깊은 명상 속에 숨는 건 아닌가요?"

"솔직히 그러는지도 모르죠."

그는 너무 쉽게 자신을 말해버렸다. 나는 속이 탔다. 그와의 인과를 생각할수록 입이 쓰고 마음이 썼다. 쓴 생각이 단 생각으로 바뀌자면 명상은 불이 되어 생각을 태워버려야 한다. 그 불의 명상은 흰 코끼리에 의지하면 가능하지 않을까. 전생과 이생에 대한 정신적인 찌꺼기를 명상의 불로 태워버린다.

명상원에 나와 첫 명상을 하고 생각이야기 시간이었다. 반장인 다소 시인이 내 차례가 오자 간단한 자기소개를 한 다음 생각이야기로 들어가라고 했다. 한때 원장님께 소설을 배운 뒤 소설가로 데뷔했는데 좀 더 차별화된 소설을 쓰자면 소설에 대한 명상이 필요할 것 같아 등원하게 되었다고 사실을 말했다. 그리고 나는 흰 코끼리 명상에 대한 생각이야기를 소설 서사에 접목시켰다.

"선생님, 그이 소식 들으셨어요. 동물원에서 코끼리 사육사 보조 알바를 한데요. 역시 그답지요. 그이 멋진 모습 함께 보러 갈래요? 어린 코끼리를 잠재우는 시 낭송도 하고 신기한 묘기도 보인데요. 그이만의 두 가지 촉수자극법으로 아기코끼리를 잠재운다지 뭐예요. 아주 동화적이에요. 상아 피리로 환상의 음악을 들려 준 다음 큰 귀를 움직여 청각에 자극을 주고, 귀와 코를 만져주면 아기코끼리는 코를 내두르는 코춤을 추다가 잠이 든다네요. 선생님 제가 좀 더 자세한 정보를 입수하면 바로 연락드릴 테니, 그를 보러 함께 가는 것 약속하셔요."

주술적인 내 말에 선생은 묵이었다. 나는 우정 선생이 연락을 기다리도록 뜸을 들였다. 기다림에 지쳐 잊을만한 때에 나는 선생께 다음과 같은 이메일을 넣었다.

'마하마야 왕비가 룸비니 동산에서 싯달타를 낳을 때 타고 가던 흰 코끼리가 코로 산모의 팔을 들어주고 옆구리로 아기가 나오자 그곳이 아프지 않고 아물도록 귀를 펄럭여 바람을 넣어주었다.'

코끼리의 콧바람이 아니라 코끼리의 귀 바람, 오로지 그 생각을 하며 그는 아기코끼리의 큰 귀를 펄럭이다 코를 마사지하듯 만진다는데, 참 신기한 것은 아기

코끼리가 그렇게 하면 신비로운 코춤을 추다가 잠이 든다지 뭐예요.

선생님, 제게 언젠가 물은 기억나세요. 제가 그를 좋아할 타입이 아닌데, 좋아하는 이유가 따로 있느냐고. 그때는 그에게 혼이 빠져서 뭔 생각을 할 수 없었는데 이제야 그 답이 생각났어요. 제가 찾아 헤맨 전생의 코끼리였던 남자를 만난 거지요. 이 이야기는 좀 복잡해요. 제 속에는 코끼리 강신무 이모 무당이 살거든요. 그래서 믿기지 않겠지만 제가 그를 사랑하는 것이 아니라 내 속의 이모가 그를 사랑해요. 아무튼 세상에서 언제나 저를, 제 속의 이모를 잠재울 수 있는 남자는 그 사람뿐이에요.

나의 이야기가 더욱 깊어졌다.

우리는 밤이면 뒤섞여 몸을 풀면 풀수록 기진하지 않고 정신이 말똥말똥했는데 그때 그는 내 귀와 코를 만져 잠을 재웠어요.

"피가 너무 뜨거워져 잠을 못 이루겠거든 이렇게 귀와 코를 살살 만져서 피의 말을 쉬게 해야 해."

피의 말, 당연히 그 말뜻이 무엇인지 몰라하는 내 표정을 찬찬히 들여다보다가 그는 내 젖무덤을 어루만졌어요.

"이 몸이 욕망을 일으키면 피는 더워지며 뱀의 말을

하게 돼. 핏속 뱀이 말을 하면 누구도 잠들 수 없어. 왜
지 알아. 말을 하고 싶은 뱀과 말을 하기 싫은 뱀이 뒤
엉켜 생각의 실타래가 되거든. 그때도 마찬가지야. 냄
새 맡는 코, 소리 듣는 귀, 핏속 뱀의 코와 귀를 만져주
며, '이미 네가 시키는 대로 선악과는 따먹었어' 그렇
게 속삭이면 핏속의 뱀과 함께 편히 잠들 수 있어. 너
와 내가 헤어져 서로의 피가 못 견디게 그리울 때도,
이렇게 귀를 만지고 코를 만지면 쉬 잠들게 돼."

그가 저를 어루만지며 주술처럼 말을 하는 동안 꿀
잠을 잘 수 있었어요. 선생님, 제가 선생님과 함께 그
를 만나겠다던 약속 어긴 것 용서하세요. 그가 선생님
뵈면 너무 스트레스받는다고 해서 어쩔 수 없었어요.

그렇다. 이제 선생님과 그와 나의 만남은 스트레스
를 낳는다. 삼각관계, 비로소 알겠다. 선생님과 나는
그에게 무엇이냐? 스트레스다. 그럼 안 만나야 상책인
데 왜 만나게 될까. 이 문제를 풀어야 한다. 인연이라
는 공식은 내가 있어 네가 있다. 서로 바라보이는 것은
얼굴과 팔다리 몸통이 전부다. 그 속 어디엔가 마음이
들어 있다. 밉고 아름답고 슬프고 기뻐하는 마음이. 도
무지 알다가도 모를 마음이란 이것, 우리에게서 이 무
엇은 물음의 답이 되고 그 답은 다시 물음이 될 뿐이
다.

우리 관계의 법칙은 깨졌다. 큰 아픔이다. 그럼에도 일방적으로 내가 그를 바라봄은 예나 지금이나 같다. 마음이 자꾸만 가는 그 사람에 대해서 나는 안 만큼 마음의 바른말을 해야 한다.

J신문사가 주관하는 문학상 수상을 그가 거부하고 잠적한 까닭은 아직도 오리무중이다. 그는 왜 자신의 심중의 말을 침묵할까. 최종심사의 작품과 작가에 대한 평이 문제가 되지 않았겠느냐는 추측을 할 뿐이었다. 일제 말기 초등학교 교사였던 그의 조부 이야기가 독립운동, 문화운동으로 미화되면서 '한글학회사건' 연루가 실재 아닌 픽션으로 문학성을 담보하기에 친일을 뒤집는 것이 아니라 합리화하는 양면성이 있다는 것인가. 그렇다면 친일 작가의 이름이 붙은 상이 친일의 역사의식을 구축하는 것인가, 허물어뜨리는 것인가. 답은 새 역사가 정리하도록 세월을 지켜볼 뿐이다. 별수 없이 나는 그의 제자의 몫으로 이런 정도의 표현을 했다.

'남무 작가의 수상 거부는 작품과 작가의 자존감을 지킴과 동시에 역사의식과 문학의식이 정치적으로 문화적으로 보다 성숙되었을 때를 위해 재평가의 여지를 두는 것이다.'

선생님, 이 이야기는 나와 그의 이중성을 삼각관계

의 이미지로 구성해 본 것입니다. 선생님이 그인지 그가 선생님인지 모를 이다의 남자에 대한 이야기를.

솔직히 이 글은 나를 위한 글로 쓴 것일까, 그를 위한 글로 쓴 것일까? 나는 화두를 붙들고 나라는 산을 넘어 나라는 바다 수평선이 바라보이는 곳에 서 있습니다. 나는 아직도 저 수평선 너머에 있는 나 아닌 나, 불가해의 여심덩어리인 나를 기다리는 중입니다. 선생님, 흰 코끼리를 탄 나는 오고 있습니까? 오늘 고백명상에 대한 생각이야기는 여기까집니다.

누가 들어도 내 이야기는 혼돈스럽다. 그런데 남무 선생은 나를 향해 미소를 머금고 가만가만 박수를 보냈다. 원생들도 내 생각이야기에 공감을 하는 표정이었다. 이제 마지막으로 선생의 생각이야기를 들을 차례였다.

오늘 제가 붙든 명상의 화두는 '아니다 본래 그것은' 입니다. 그것에 나, 너, 연꽃, 물, 흰 코끼리, 석가모니 부처를 대입시켜 생각하고 생각하였습니다. 세상 말들은 참말이라고 말하지만 대다수 계산된 거짓말입니다. 그렇게 단정지울 수 있을까요? 현상이 그렇습니다. 직관으로 꿰뚫어보면 참과 거짓은 빛이 다릅니다.

많이 따지고 들면 음양陰陽에 있어 양 홀로 음 홀로 존 재하지 않듯이, 여자 속에 남자가 있고 남자 속에 여자가 있듯이, 어떤 말이든 참말을 위한 거짓말, 거짓말을 위한 참말일 수가 있다는 것입니다. 여기에 거짓말을 뒤집어 참말을 만드는 말술사(작가)들이 하는 상투적인 말이 있습니다. '아니다 본래 그것은' 하고 여운 속에 말의 의미를 숨기는 이 말투가 그것입니다.

'아니다 본래 그것은 나다'

'아니다 본래 그것은 너다'

'아니다 본래 그것은 연꽃, 물, 흰 코끼리, 석가모니다'

말술사의 이 무수히 많은 언어의 질량 달기는 명상을 뚫고 지나가 문학에 이릅니다. 연꽃을 예로 들겠습니다.

푸른 연꽃이 붉은 연꽃을 찾아 물 밖으로 나갔습니다. 물속의 흰 연꽃이 푸른 연꽃을 보고 웃었습니다. 흰 연꽃의 웃음을 웃음이 아니라 울음이라 하기도 합니다. 이 분별이 나와 당신, 나아가 우리를 나눕니다. 본래 하나인 나와 당신은 물을 건너야 생각의 꽃이 있는 곳에 이릅니다. 걱정하지 마세요. 물이 우리를 건너 줍니다. 물은 본디 무엇을 막지 않습니다. 모두 건너 주고 모두 건너오게 합니다. 사랑도 미움도 기쁜 것 슬픈 것까지도 물은 건너게 하여 자연을 만듭니다. 그래서 물은 항상 지금의 시간을 낳습니다. 연꽃이 물 밖에서 웃는 까닭이 있습니다. 물의 윤회로 피고 지는 연꽃, 피어나서 피어난 까닭을 웃는 연꽃은 시간의 꽃입니다. 아침, 정오, 밤, 연꽃 얼굴은 향기의 말입니다.

그럼 물 밖으로 나선 푸른 연꽃은 붉은 연꽃을 찾았을까요? 찾았습니다. 그러면 좋고, 못 찾았다 해도 그만이거나 더 좋습니다. 생명은 그렇게 좋은 것 찾아가 살다가 죽습니다. 그렇습니다. 산다하는 것 없이 죽는다는 것 없습니다. 생명의 옷을 벗어 던지는 것, 연꽃은 압니다. 입을 옷도 벗을 옷도 없다는 것을. 본래 이것도 저것도 알몸입니다. 입지도 않고 벗지도 않는 몸을 보이는 연꽃은 푸르고 붉고 흰빛으로 환합니다. 그렇게 물의 몸을 입는 연꽃은 본래 사람 마음덩어리입니다.

눈을 감고 명상 뒤쪽을 바라봅시다. 연꽃이 보입니다. 그래서 이것은 본래 연꽃의 말입니다, 하면 '아니다 본래 이것은' 석가모니 부처의 말씀입니다, 하고 바로잡습니다. 금 옷을 입은 부처의 미소, 금 말씀을 하십니다. 금구의 금언에 속지 마세요. 다시 '아니다 본래 그것은' 꽃사람꽃 말입니다, 중생을 버리는.

입으면 벗으리라. 벗으면 입으리라. 벗으면 벗으리

라. 입으면 입으리라. 신부가 옷을 입고 수녀가 옷을 벗었습니다. 비구가 옷을 벗고 비구니가 옷을 입었습니다. 목사와 전도사는 옷을 함께 벗고 함께 입었습니다. 이 말이야 어느 쪽으로 돌려 입히고 벗겨도 좋습니다. 몸은 옷에게 말합니다. 옷은 자연입니다. 몸에 있어도 좋고 없어서 더 좋은. 옷이 화답합니다. 모든 몸은 꽃사람꽃입니다. 향이 다르면서 같은.

이제 연꽃은 물 안팎에서 연꽃을 찾지 않습니다. 나와 당신을 나누어 찾지 않는 꽃, 연꽃을 우주의 꽃이라 합니다. 오염되지 않아야 우주를 바로 볼 수 있다는 데서 이른 꽃말입니다. 각성의 꽃, 각자의 꽃으로도 부릅니다. 마음의 시궁창에 뿌리를 내리고 이 꽃은 사람 향기를 뿜습니다. 이렇듯 명상은 생각이야기로 꽃사람꽃을 피워냅니다. 모든 우리 꽃사람꽃, 참 아름답습니다.

남무 원장은 합장하고 원생들에게 머리를 숙이며 강의를 마쳤다. ✈

마음나무집에서 나는 마음나무 가지에 마음을 걸어 두고 미소를 지었다

마음나무

    고희古稀의 나이에 이르러 마음먹은 대로 집을 떠났
다. 딸아이가 제 어미를 돌본다기에 마음이 놓였고, 아
내도 나를 편히 놓아주었다. 집을 나섰다가도 나이가
들면 돌아와야 하는데 나는 역으로 나이 들어 집을 나
선 것이다. 누구나 홀로 와서 홀로 간다는 자연의 길을
아름답게 바라보면 외로움과도 친구가 될 수 있다. 내
유년의 꿈과 노년의 현실이 서로 넘나드는 마음의 춤,
그 춤을 추러 나는 남은 시간 속 무대를 향하여 마음의
발걸음을 놓았다. 이런 정도의 설명이 늙은 마음나무
의 심경이다.

    무위의 춤사위가 보인다. 춤의 기운으로 나는 하늘
로 치솟기도 하고 땅에 스미기도 한다. 이 춤에 대한
믿음이 명상과 통하여 마음의 그림자에게 빛을 머금게
하고, 나와 세상 그리고 내세를 밝히 보았으면 한다.

실로 남 보기에 이 무모한 정진의 삶이 내가 얻고자 하는 실존에 대한 갈등의 답을 얻을 수 있을까. 마음그림자의 빛이라니, 이 몽롱하고 모호한 말을 나는 왜 어렵게 생각해내는가. '빛 없이 그림자 없다'는 상식을 넘어선 말을 하고 싶은 것이다. 바로 이 말이다.

'마음의 그림자는 음과 양의 혼합 빛깔이다. 그저 음영이 아니다. 모든 빛을 머금어 뿜어내는 그림자는 어머니의 빛이다. 그리하여 인생의 그림자에게는 어머니의 빛 뒤쪽 밤 이야기가 있고, 어머니의 빛 앞쪽 낮 이야기가 있다.'

무오霧五 화상이 내게 은혜를 베풀어 얻어 살게 된 암자는 마음에 들었다. 옆 계곡이 깊어 흐르는 물이 마르지 않았고, 듬성듬성 큰 바위를 안은 경사지가 서서히 작은 둔덕을 이룬 곳에 암자는 그림처럼 서 있었다. 화상의 상좌가 주지를 하는 사찰의 말사, 나는 그 암자에 내 손으로 쓴 '마음나무집'이란 현판을 걸었다. 못 그린 글씨에 바보스런 마음이 엿보여 오히려 나스럽다.

'도대체 나스럽다는 표현이 가능한가. 추상적인 말에 매이지 마라. 그렇다고 문학지 편집주간이니 겸임 교수니 따위를 들추어 삭은 시간 냄새를 피울 필요는 더욱 없다. 보이는 모든 현상이 회화고, 들리는 모든 소리가 음악이다. 그 실상에 대해서 어쩌겠다는 말은 굳이 하지 말자. 그저 마음에게 맡기면 마음이 알아서 마지막까지 잘 해낼 것이다. 아무럼 마음을 지켜볼 일이다.'

나는 60대 초반까지 수석壽石이네, 하고 주워 모은 돌 108개를 다시 제자리에 돌려놓는다는 마음으로 가져와 방 안팎과 마당에 놓았고, 읽다가 불쏘시개로 쓰지 싶은 책 1천여 권도 끌어왔기에 '마음나무집'이 처음부터 전혀 낯설지 않았다. 그런데 명상은 이 낯설지 않음에 안주하지 말고 낯설라 했다.

'모든 예술의 새로움은 낯설기의 창조다.'

그러기에 108돌의 형상이 108번뇌의 말씀으로 들려야 하고, 가져온 모든 책 또한 낯설게 읽혀야 한다는 것이었다.

'의미의 계산으로 읽히는 모든 것. 형상석形狀石 문양석文樣石, 그리고 학설이네 창작이네 다 번뇌의 다른 이름이다.'

나는 기르던 수염과 숱이 많지 않은 백발마저 밀어 버리고 신발 없이 맨발 생활로 땅을 발바닥으로 느끼며 지냈다. 비로소 명상의 기운이 몸과 마음을 순하게 이끌었다.

'조금만 더 몸과 마음이 친해져서 같은 생각에 익숙해지면 화식을 생식으로 바꿔야지.'

나는 몸과 마음을 살폈다. 이것은 둘이 아니고 하난데, 하는 생각에 재미가 생겨났다. 그 재미의 순도가 높아지면 몸과 마음이 하나로 보이는 날도 있었다.

마음나무집에 온 지도 3개월이 넘었다. 여름 한철을 지내고 가을에 접어들었다. 맨발 생활에 길들어지고, 일체 지난 일들에서 놓여나니 마음이 편했다. 그렇게 밤낮 자연과 친해졌다. 고요한 마음에 자유로움이 생겼다. 가끔 거울을 보면 잘생긴 마음이 둥근원으로도 보였다. 이 마음을 보는 눈이 감기지 않도록 하는 아침 저녁의 명상이 시공을 초월하는 또 다른 세계를 열고, 지식으로는 만져 볼 수 없는 사물을 지혜로 만져지게 했다.

저녁 명상이 길어져서 밤을 지나 새벽까지 이어질 때도 있었다. 그럴 때 꿈인지 생시인지 가늠하기 어려운 의식이 서로 겹치며 넘나들다가 하나가 되기도 했다.

명상 그대로 깜박 잠이 들었다가 깨었다. 새벽녘이었다. 잠속 짧은 꿈이 생시처럼 마음에 일렁거렸다. 꿈 밖으로 마음이 밀려나와 꿈속 다른 마음의 흐름을 들여다보는 소설이다 싶은 꿈을 꾸었다. 그대로 옮겨 본다.

나무라고 발음하는 말의 뿌리는 남무南無다.

'남무, 남쪽 어디에도 없는 나무에게 없는 마음을 의지한다.'

순전히 이것은 나의 바보스런 해석이다. 이 바보스런 해석의 말은 화살이 되어 사람과 부처의 마음을 뚫고 지나간다.

"나무서가모니불!"

그래서 마음공부를 하자면 나무, 하고 코끝을 내려다보며 명상에 잠겨야 한다. 이때 코끝에서 자라나는 나무는 화두가 된다. 나무는 가지도 뻗고 잎도 내고 꽃도 피우고, 마침내 화두의 열매를 맺으면 마음에 대한 답을 내놓는다.

"자궁 속 생명의 점으로 와서 무덤 속 죽음의 점에 몸을 벗는 생동의 고요한 기운이 마음이다."

이렇듯 선禪이다, 묵상이다, 명상이다를 통하여 어림잡는 해득이 되어도 이생의 마음들이 몸을 떠나 다 어디로 가버리는지는 아무도 모른다. 죽음 저쪽, 가서는 함구하는 곳. 명상도 죽음을 생각하다 지루할 때는 마음을 향해 하품을 한다. 하늘이 명상 중에 하품하는 큰 입속으로 내려앉는다. 그 하늘에 쓰인 모를 마음의 맛을 보고 입은 이렇게 말한다.

"마음은 공부로는 알 수 없는 것이다."

그 알 수 없는 마음을 공부하겠다고 나는 문학의 신이 내려 '문학신점'을 보는 여자를 찾아가 만났다. 보살이지 싶은 자비한 인상인데도 쌍꺼풀 없는 큰 눈이 사람을 사로잡는다. 그 눈에 내 가슴속이 뚫렸다.

"가슴의 푸른빛을 토하지 않으면 죽어."

첫마디의 말에 나는 심사가 서늘해졌다. 뚫린 가슴을 비집고 푸른 웃음이 솟아났다.

나에게는 잊어야지, 하면 그럴수록 마음이 못내 더 잊히지 않아 하는 일이 있다. 그 푸른 빛깔의 일을 고백하고자 나는 문학신점 여자를 찾았다. 그런데 기가 차게도 여자는 내 심연의 말들을 먼저 읽고 그 고백을 내게 들려주었다.

"고희의 몸을 바라보면서 새삼 인생이 허망하다. 안 허망하면 헌신짝 같은 그 인생 어쩔 건데. 푸른빛에 속들 말어. 허망 뒤쪽에 있던 젊음 마음이 허망 앞쪽으로 자리를 옮긴 건 당연하지. 시력이 떨어져 이쁜 얼굴이 주름투성이로 보이는 걸. 그 헛것에 끄들리는 마음을 따라 여기에 온 것 아닌감. 내 사전에는 아니면 말고는 없어. 문학의 신은 거짓말을 안 하거든."

할 말을 잃은 나는 웬일로 마음이 가벼워졌다.

'마음을 비우면 보인다.'

문득 나는 내 왼쪽 가슴에 달린 명찰을 보았다.

'춘상春尙'

충忠이 춘春으로 바뀐 내 본래 이름이다. 늦은 호적을 원상회복하기 위해 내가 버린 이름, 내가 죽인 이름이 돌아와 부활의 의미를 시사하는 까닭이 뭘까. 그때 신점 여자가 웃다가 만 얼굴로 나를 쏘아보았다.

"그동안 충으로 살았으니 이제 춘으로 살면 되지 뭘."

춘원春園 이광수가 생각나고 연상작용의 말이 내 목구멍에서 튀어나왔다.

"춘원을 개종시킨 것은 자루 없는 도끼다!"

여자가 자루 없는 도끼를 집어 던지듯 말을 받았다.

"화두는 삼켜야지 뱉으면 구린내 나잖아."

옳은 말이다. 춘원의 종교가 불교든 유교든 그리스도교든, 그리고 그가 쓴 원효가 요석궁을 드나들든 말든 무슨 상관인가. 화두는 그저 삼켜야 지혜가 된다. 나는 찔끔 마음을 저리고 유년의 몸을 떠올린다.

소년은 원숭이처럼 온몸에 푸른 털이 났다. 그 털몸을 감추고자 소년은 자운 스님에게 사미계를 받고 승복을 입었다. 인왕산 중턱 석굴암 절집에서 꼬마스님으로 불리는 소년은 그가 좋아하는 손오공처럼 서울

시내를 싸돌아다녔다. 그 소년이 이젠 푸른 털이 다 빠진 노인이 되어 주글주글한 살가죽을 뒤집어쓰고 말았다.

이렇듯 여자의 말이 나를 어린아이 다루듯 자유자재로 몸속에 스며들기도 하고 마음을 헤집기도 한다. 알수 없는 작용의 힘이다. 나는 여자에게 알맹이는 빼앗기고 껍데기만 남았다. 이런 기분을 좋다해야 할지 나쁘다해야 할지 나는 참말 쪽을 택하기가 어렵다.

"지금 그대로 멈춰. 그리고 한없이 낮아지면 아주 고요해져. 그 고요의 부동은 너무나 가벼운 것인데도 어둠이 밀어내질 못해. 그것이 품위 있는 늙음이야."

나는 헉 하고 가슴의 기운을 한입 뱉어냈다. 입에서 푸른빛 냄새가 났다.

"우리 만남은 여기서부터 시작이야. 가슴의 푸른빛을 다 토해내야 해. 그래야 무슨 문제로 우리가 만났는지 그 물음이 풀린다네."

나는 집으로 돌아와 혼돈에 빠졌다. 충으로 살던 내가 갑자기 춘으로 바뀌어 산다는 혼돈. 그토록 몸에 익었던 가정의 질서가 자꾸 헛딛어졌다. 중심을 잃고 넘어지려는 나를 아내가 때를 기다렸다는 듯 밀쳐버렸다. 거꾸러진 나는 아파하는 몸을 열고 마음의 말을 들었다.

"이제 봄春에게 가서 돌아갈 준비를 해야 한다. 충忠은 종복의 일을 해야 하기에 몸의 말을 들을 뿐 마음의 말을 들을 수 없다. 봄으로 살면 흙, 물, 불, 바람, 그 처음 왔던 것에게 돌아갈 수 있다."

명상을 꿈이 갈무리했구나 싶어 나는 웃음을 머금었다. 그 웃음의 힘이 더욱 깊은 명상으로 이끌어 놓아버리자던 생각을 다시 붙들게 했다. 알 수 없는 것은 아닌데 안다고 하기에는 껄끄러운 꿈의 예시가 무엇일까. 나는 우선 아는 사람 중에서 문학에 신들렸지 싶은 여성작가를 떠올렸다. 장르 불문하고 작품이 좋으면 다 신들려 있어, 그중 누가 꿈속의 여자인지는 가늠하기가 어려웠다. 그러나 인연의 층은 있었다. 춘春 자 본래 이름을 아는 작가의 얼굴들을 떠올리고 나는 그중 극작가 C를 집어냈다.

씨가 프랑스 유학에서 돌아왔을 때 나는 신춘문예 당선작가 명찰은 달았지만 전혀 소설은 못 쓰고 매스미디어 기자, 출판계 작가들 모임의 말석에서 술자리나 지켰다. 귀국한 씨는 나를 불러낸 술자리에서 진지한 표정으로 말했다.

"술 체질도 아니면서 그렇게 마시다가 몸을 못 이겨 마음이 도망가면 어쩌려고 그래요."

달다 싶은데 씹히는 맛이 쓴 씨의 말을 나는 약으로 삼키지 않고 토해냈다.

"이미 내 마음 도망가버렸어. 내 주인 없는 빈 몸에 니가 들어와 주인해라."

"'주인 없는 시간' 또 쓰려고요. 그 시간 벌써 지나갔어요!"

내가 문학지에 발표한 단편소설을 두고 한 말이었다. 어떻게 남의 승용차 안에 들어가 잠들었는지 알 수 없는 새벽, 주인공은 팬티차림으로 거리를 질주하며 '너의 주인 어디갔느냐' 외쳤다. 어처구니없는 술꾼이 헐떡이며 잃어버린 주인을 찾던 정신 부재의 몸 이야기. 그 '주인 없는 시간'을 또 쓰려는 것이냐.

"그건 소설이 아니야. 술주정꾼 넋두리지. 이젠 주인 있는 시간으로 다시 씌어져야 해."

"기대할 게요. 오늘은 이만 마셔요."

"아니, 지금부터 니가 내 속에 들어와 마시는 거야. 그리고 주인 있는 시간의 소설을 니가 써봐."

그 밤 씨의 품에 안겨 잠든 나는 새벽에 깨어 씨가 남긴 메모를 읽었다. 씨는 내 이름 끝자 상에 형을 붙여 상형尙兄이라 불렀다.

'상형, 우리의 체온이 하나 되어 단잠을 깊고 짧게 잘 잤어요. 상형 속에 들어가 마신 술에 나도 너무 취했어요. 이러다 상형도 나도 다 잃을 것 같아 새벽이 되기 전에 상형 속에서 뛰쳐나가는 거예요. 너무 자책하지 마세요. 꼭 좋은 소설 써내는 날이 오리라 믿어요.'

씨는 인생을 탕진하는 나를 곁에서 지키는 것을 소명으로 여긴다 싶었다. 그것이 나는 어렵고 두려웠다.

"글쓰기는 서두르지 않고 글 안 쓰는 길을 갈 때도 있어요. 지금도 상형은 글쓰기를 멈춘 게 아니라 서두르지 않고 글을 쓰는 중이에요."

듣기에 따라서는 그럴 듯한 위로의 말이었다. 하지만 곱씹으면 오리무중이거나 운명을 거스르지 못한다는 말이기도 했다. 나는 그 말에 묶인 나를 발견하고 씨와 크게 다퉜다.

"이제 그따위 말장난 그만 둬. 나를 이혼시키지도 못하면서 위로 따위는 역겨워. 차라리 우리는 서로 물고 뜯으며 비웃어야 해!"

자아가 일그러진 나는 형편없이 작아졌다. 이혼서류를 접수시켜 놓고도 끝내 이혼하지 못한 나는 의식적으로 씨를 피하고 만나지 않았다.

귀국한 지 3년째 되던 해 씨는 소설 장르를 접고 희곡 장르에 응모한 작품이 신춘문예에 당선했다. 대학로 소극장에서 씨의 작품이 몇 차례 공연되었다. 그리고 씨는 종적을 감추듯 다시 유학을 떠나버렸다. 그때 우리의 아픈 사실을 그대로 말하자면 나는 내 속에 숨고, 씨는 씨 속에 숨어버린 것이었다.

그 씨를 언제 다시 만났던가. 아슴한 기억 저쪽, 골수를 찔렀던 크리스마스 카드가 먼저 생각났다. 노란 부리와 노란 두 발, 그리고 긴 흰 목에 붉은 줄 리본을 맨 거위가 그려진 카드. 나는 추억의 자료를 모아 둔 서랍을 열고 씨에게서 온 카드를 찾아냈다.

상형,

이 카드를 받으실 때쯤이면 정말로 한 해가 다 저물어버리고 말겠군요. 서울을 떠나 온 지 벌써 4개월입니다. 그동안 몇 번이나 편지를 내고 싶었습니다. 침묵이 연장됨에 따라서 발화發話는 어려움에서 불가능으로 되어갑니다.

지난여름 원고 청탁이 몇 건이나 밀려 있던 것이 기억나는데 그동안 작품은 많이 쓰셨는지요. 제가 아무런 일도 제대로 못하고 게으르고 옹색하게 살고 있을수록 상형께서 그간 열심히 작품에 매진하셨기를 바라는 것은 무슨 보상심리와도 같습니다. 3년 전 상형의 작품을 읽으면서 불교적 색채에 대한 것을 잘 가늠하지 못하다가, 지난여름 딱 한 편뿐이지만, 상형의 단편을 하나 읽고서 상형께서 늘 그리워하시던 잿빛 승복의 유년시절이라는 것의 '자리'를 감지했습니다. 그리고 한마디로 부러웠습니다. '한 인간에게 중심이 있을 수 있다'는 것이.

… 중략 …

다시 뵌 상형의 모습은 옛날보다 더 단단했습니다. 좋은 작품 많이 쓰시길 빌겠습니다. 그리고 흔들리고 휘청거리는 제게 발표되는 작품들을 좀 보내주시면 읽는 즐거움을 용기로 삼고 싶습니다. 안녕히.

— 19XX년 12월 20일 C 드림

놓아버리자, 문학의 재능을 타고나지 않은 만큼 미치지 못할 바엔 놓아버리는 것이 소설가에 대한 예의다. 30여 년 전 그때, 왜 나는 씨가 내 소설에 기대를 걸면 걸수록 미안하고 상대적인 순수에 못 미치는 것 같아 자꾸 어설퍼졌을까. 그때는 내 유년 정서와 문학의 정서가 융합 과정에서 어떤 확신의 창작을 할 수 없었다는 정도의 설명이 가능하다. 그런데 지금 이 카드의 짧은 글이 그때나 진배없이 읽히며 나를 당혹스럽게 하는 까닭은 뭘까. 이에 답을 할 수 없다는데 나는 새삼 씨의 순정한 마음의 글에 무릎을 꿇을 수밖에 없다. 내 글을 읽고 '한 인간에게 중심이 있을 수 있다'

는 씨의 호평 이후 나는 작품으로 씨의 생각에 값한 적이 있는가. 없다는 사실에 나는 눈을 질끈 감았다. 깊은 한숨이 나오고 늙은 마음나무가 사정없이 흔들렸다. 나는 진저리를 치며 속으로 뇌였다.

'이러다 마음나무집 무너뜨리겠다!'

나는 명상을 다잡았다. '한 인간에게 중심이 있을 수 있다'를 온전히 놓아버리자, 이윽고 놓아버리자 하는 마음나무가 코끝에서 자라다가 사라졌다. 명상의 고요, 중심이 있다. 중심이 없다. 있고 없음이 스러지고 마음은 가슴을 드나드는데 자유로워졌다. 마음이 자연에게 불편함 없이 드나드는 자유를 나는 108돌의 번뇌와 함께 공유했다. 형상석, 문양석, 번뇌의 형상, 번뇌의 문양이 서로 넘나들다가 자연의 미소로 내 가슴을 열었다.

'번뇌도 무심이다. 번뇌에게 내 생명의 말을 불어넣는다. 번뇌가 말을 한다. 번뇌의 말이 내 말인가, 번뇌의 말인가? 번뇌가 빙긋이 웃는다. 번뇌의 화답이다. 번뇌의 미소, 진짜 자연의 염화미소다. 가섭이 현화했다고 믿는 나를 내가 웃는다. 달리 웃음의 미학이 아니다. 번뇌의 미소는 항상 나를 향해 우담바라 향을 뿜고 있다. 마음나무집 도량이 향기롭고 향기롭다.'

이 마음자리를 씨가 예견하다니.

'한 인간에게 중심이 있을 수 있다!'

그 직관은 시공을 초월해 항상 그대로인 것이다.

내가 마음나무집에서 나들이를 마음먹은 것은 그해 겨울을 나고, 봄春살이의 명상에서 소위 한 소식 한 기분이 들어, 그 자유한 기분을 옛 기억의 현장에 나누어 주고 싶어서였다.

108번뇌의 수석들에게 나들이 인사를 하고 나는 마음나무집을 나섰다.

꼭 어디를 목적한 것은 아닌데 내 발길은 마치 목적한 곳에 온 것처럼 대학로 연극 소극장 앞에 서 있었다.

'내가 여기를 왜 왔지?'

묻는 순간 우연의 일치가 의식을 일깨웠다.

'이럴 수가 있나!'

공연 일정이 지난 소극장 포스터가 나의 의식을 거머쥐었다.

「자라나는 죽음」: 씨 | 원작, 연출.

죽음이 자라나서 생을 다시 세운다

주인공 또마은 난바다를 헤엄치며 생각한다

'그렇구나. 나는 네 속에서 웃음의 그림자고, 너는 내

속에서 울음의 그림자다. 또 우리는 그렇게 서로를 가득 채운다.'

포스터 리더를 읽으며 나는 어떤 숙명에 대한 위협을 느꼈다. 살아 있으므로 만나게 된 넘을 수 없는 의식의 벽으로 씨는 나타났다. 이 벽을 나는 어떻게 통과할까? 내 마음은 이미 나를 빠져나가 내 몸 밖에서 나를 바라보았다. 숙명과의 싸움이 시작된 것이었다.

'하늘이 내린 싸움을 사람이 이길 수 있을까?'

씨도 죽음을 노래할 나이에 왔다. 환갑을 지났을 테니까. '자라나는 죽음!' 죽음이 자라나서 부활이 된단 말인가. 희망된 소재의 작품이지 싶으면서도 죽음과 생명이란 반대 개념의 빛깔이 섞이지 않고 따로 놀았다. 그 빛의 흐름을 따라 평형을 이룬 씨와의 관계가 바라봄의 법칙이다 싶게 서로를 바라보았다.

씨는 내게서 빌려간 모리스 블랑쇼의 소설 「자라나는 팔」을 잃어버리고 술자리 때마다 자신의 불찰을 자책했다.

"술이 유죄야. 그날도 술 끝이 좋지 않았어요. 「자라나는 팔」 얘기가 나오자, 상형이 '모른다문학'의 원조가 블랑쇼라는 말에 제가 불끈했죠. 그런 모른다의

「자라나는 팔」을 뭐하러 문학지 부록에서 떼어내 공들인 수제본으로 보물처럼 들고 다녔냐고."

"그래서 모른다문학의 원석 같다던 블랑쇼의 '자라나는 팔'을 잘린 팔처럼 내팽개쳐 버렸어."

"그렇게 말하면 나 정말 미안해져요. 오늘은 블랑쇼의 「자라나는 팔」을 위해서라도 필름 끊기지 말아야지."

우리는 술잔을 바라보며 웃고, 마신 다음 서로의 눈을 깊숙이 들여다보며 웃었다. 그러면서 우리는 정말 취하면서도 안 취한 마음을 배웠다.

"야, 그만 마셔. 벌써 필름 반은 끊겼다. 블랑쇼의 팔은 자라나지 않아, 본래 멀쩡한 팔 그대로 있어. 다 블랑쇼 문학의 쇼야. 어려우면 그렇게 믿고 속는다는 거지. 그놈의 블랑쇼를 전공할 것도 아니면서. 그만 잊어버려, 책을 어디다 놓아버린지도 모르게 놓아버렸듯이."

"아네요. 블랑쇼 마음의 팔은 지금도 자라고 있어요. 그걸 상형이 젤 잘 알잖아요."

그때도 자라고 지금도 자라나고 있는 마음의 팔, 내게도 씨의 말대로 마음의 팔이 자라고 있는가.

'분명 자라고 있다!'

마음이 답했다.

「자라나는 팔」주인공 N을 통하여 블랑쇼는 '하늘이 내린 싸움을 사람이 이길 수 있다고 했던가, 없다고 했던가?' 오래전 젊은 날 읽었던 소설의 내막은 토막 기억으로는 접근이 금지되었다. 기억에 억지를 부린다면 씨의 친구들과 함께 합평했던 말은 요약되었다.

'블랑쇼는 정말 어려워. 인간 실존의 불가해한 의미망을 이토록 미묘한 상충과 화합으로 그려내다니, 완전한 마음의 미로여….'

작가의 창작에 신도 놀랄 때가 있다. 우리는 블랑쇼가 그런 사람 중 하나라고 여겼었다.

'30대 마음의 미로가 70대 마음의 미로와 어떻게 무엇이 다른가?'

그 마음의 미로가 둘이 아니고 하나라는데 나는 다리가 휘청했다. 아니, 가슴이 철렁하고 마음이 갈라졌다. 그리고 갈라진 마음 반쪽이 어디론가 사라져버렸다. 나는 반쪽 마음으로 마음나무집에 돌아왔다. 내가 아침에 나선 집이 아닌 듯 낯설었다.

'낯설 것 없다. 네 마음의 집에서 네 마음이 낯설 까닭이 없다. 항상 네가 마음나무집 주인이다.'

마음을 다잡고 명상에 들어 코끝을 내려다보았다. 코끝엔 아무런 마음나무도 자라나지 않았다. 명상을 떠난 반쪽 마음을 남은 반쪽 마음이 아파할 뿐이었다. 밤늦도록 명상에 안주하지 못한 마음은 비몽사몽 중에 씨를 불러냈다. 씨가 내 반쪽 마음을 들고 와 내게 내밀었다.

"제가 상형의 푸른 마음을 훔쳤다고 생각하지 마세요. 왜 상형의 반쪽 마음을 제가 들고 있는지 저도 몰라요."

씨는 감정 없는 표정으로 나를 보았다.

"그래, 우리는 그때도 모르고 지금도 모른다."

나는 그 말을 하지 않았다. 나의 반쪽 푸른 마음이 빛을 발하자 씨의 손에 들린 반쪽 푸른 마음도 빛을 발하며 내게 와서 온전한 하나의 마음이 되었다.

'마음나무집!'

씨가 현판을 읽고 그녀 특유의 감춤이 어린 웃음을 웃었다. 내 못난 마음이 그린 글씨임을 알아본 것이었다. 내 반쪽 마음이 들려 있던 씨의 빈 손에서 마음꽃이 피어났다.

"아아, 자라나는 팔이 피운 꽃!"

불쑥 튀어나온 내 말을 씨가 받았다.

"아니에요. 자라나는 팔의 꽃이 아니라, 자라나는 죽음의 꽃이에요. 상형은 항상 마음의 죽음을 마음꽃으로 일깨웠어요."

씨의 말은 마음의 화살이 되어 내 가슴을 뚫고 지나가며 휘파람을 불었다. 가슴의 푸른 말들이 휘파람 소리에 불려나가고 빈 가슴에 죽음이 자라나며 꽃을 피웠다.

'그렇다. 생도 자라고, 죽음도 자란다. 생이 꽃을 피우듯 죽음도 꽃을 피운다. 아무렴 밝음도 꽃이고 어둠도 꽃이다.'

나는 자라나는 죽음의 꽃을 꺾어들고 씨를 향해 눈을 크게 떴다. 씨는 어디에도 없었다. 나는 자라나는 죽음꽃을 꺾어낸 빈 가슴으로 명상의 나래를 폈다. 코끝에 마음나무가 자라기 시작했다. 감은 듯 뜬눈으로 마음나무를 내려다보았다. 마음나무가 하는 말이 들려왔다.

'마음나무 청정합니다.'

가늠되지 않는 먼 곳에서 씨의 음성이 따라 읊펐다.

'마음나무 청정합니다.'

마음나무 이야기는 여기서 끝났다. 아무것도 바라지 않는 데서, 두렵지 않는 데서 마음과 자연이 함께 자유로워졌다.

'모든 존재는 선과 악, 성스러움과 속됨으로 나눌 수 없다. 마음이 마음을 가두는 일이 되기 때문이다. 이

말이 옳다면 지금 이렇게 있다는 생각을 놓아버리고 너에게서 자유하라.'

마음이 이르고자 한곳에 와서 마음이 들려주는 말을 나는 들었다. 더 이상 아무것도 요동하지 않는 곳, 마음나무집에서 나는 마음나무 가지에 마음을 걸어 두고 미소를 지었다. ✿

빨강 마음 노랑 마음이 서로 얼싸안고 중심을 잡으면 온전한 주황빛 마음이 된다

무지개 이야기

모든 형상은 빛으로 읽힙니다. 빛이 있어 이것은 저것을 보고, 저것은 이것을 봅니다. 허공에 뜨는 무지개가 하늘의 시로 읽히는 것도 빛의 작용입니다. 빨 주노 초 파 남 보, 무지개 속에 일곱 이야기가 있습니다.

그 일곱 빛깔을 사람들 이야기로 쓰고자 합니다. 그들 빛깔의 숨결에 대한 이야기는 하나이면서 일곱입니다. 아닙니다. 일곱이면서 하나입니다. 이 나눔과 융합의 빛띠가 참으로 자연한 이야기가 되자면, 쓰되 마음 그대로 몸의 기를 낮추고 기존의 의도하는 여느 글과는 다르게 아주 낯설게 순진한 어린아이 그림을 본다 싶게 씌어져야 할 것입니다. 아, 글도 천진무구한 숨을 쉬는 생명체구나 싶게 말입니다.

소설가는 작은 이야기 속에서 의식이 발견하는 자기만의 큰 이야기를 씁니다. 그렇게 창작의 문장은 오로지 소설 속 대설大說을 위한 허구에 바쳐져야 합니다. 그때 비로소 발 없이 허공을 딛고 가는 문장의 길은 산을 넘고 강을 건너고 평야를 지나 바다에 빠진 소설을 건져 올립니다.

소설 이야기는 짧든 길든 깊고 아득합니다. 신神을 대신하는 창작의 묘수를 위해 소설 문장은 낭떠러지를 뛰어내립니다. 바닥에 떨어지는 순간 묘수의 문장은 아픔 덩어리가 되어버립니다. 소설은 그 아픔을 치유하기 위해서 또 시작합니다.

'바로 이것이다, 하고 놓아버리는 그것. 소설은 소설가에게서 완전 독립의 그 무엇이다. 그렇다. 소설은 그 자체로 물음이며 답이다. 몸의 말과 마음의 말이 융합하고, 진짜 예술적인 계산 아닌 계산과 물리적인 계산이 뒤엉킨 문장산술적인 글쓰기로 통섭되기 때문이다.'

그래서 소설가더러 참 글을 쓰려면 쓰고자 하는 의식에서 놓여나는 글을 쓰라 합니다. 실로 그렇다면 마음을 내려놓고 비우면 그 빈 마음에 하늘에서 뚝 떨어진 이야기가 스며들었다가 다시 독자를 사로잡는 글로 솟아난다는 말인가요. 절대 그렇지 않습니다. 크든 작든 좋든 나쁘든 소설가의 생각이 빚은 이야기가 독자 앞에 놓여 평가를 받습니다. 소설가는 이 평가 앞에 정직한 마음의 이야기를 내놓아야 합니다. 단 한 사람의 독자가 자신이더라도. 소설가는 그 독자에게 헌신할 책무가 있습니다. 그러기 위하여 소설가는 형상이 없는 마음을 만지며 글로 마음 색깔을 그려내야 합니다.

신화적인 불화佛畵가 있습니다. 눈먼 금어金魚(불상화가)가 색을 눈이 아닌 손가락 촉수로 만져서 그렸다는 「미소의 불화」가 그것인데, 노랗고 빨갛고 파란색이 천상의 비색이란 평가를 받습니다. 웃는 듯 마는 듯 미소가 비밀스러워 미소가 아닌 미소, 그 미소를 왜 부처의 미소로 그렸을까.

'눈이 멀어야 색을 제대로 쓴다'는 말이 곱씹어지는 미소의 불화 앞에 서면 '눈이 멀도록 색을 만져야 색의 맛을 낼 수 있다'는 말이 마음에 와닿습니다. 보는 이마다 극락의 비색에 취해 이생의 번뇌가 사라진다는 미소의 불화. 색의 홀림으로 부처의 미소 속으로 중생의 미소가 스며듭니다. 금어는 죽고 불화의 미소가 영원한 생명이 된 것입니다.

이 글이 그 금어가 그린 미소의 불화처럼 마음 형상의 색깔을 만져 그린 미소다 싶게 읽혀지기를 바랍니다.

무지개 이야기, 일곱 빛깔 사람 이야기를 하늘 허공

에 걸어 띄웁니다.

― 빨강

흔히 빨강을 열정이라 한다. 그렇다. 욕망하는 피, 그 강함 속에는 신神을 향한 순종도 들어 있다. 얻고자 하면 죽음을 건너는 피의 빨강. 하여 강하고 담대한 빨강은 이성과 감성을 하나로 묶는 힘이 된다. 의를 향한 이성의 피, 불의를 향한 감성의 피, 이 피의 불가사의한 합일의 생을 사람마다 제 나름 산다.

진하고 강한 에너지를 분출하는 심장을 가진 사람은 생식기로 빨강 꽃을 피울 줄 안다. 피의 꽃이다. 천상의 신에게 바치는 피의 꽃. 일찍이 십자가 위에서 피운 그 피의 꽃은 하늘에 봉헌되었다. 사람 모두 그 피의 꽃을 피울 수 있다. 순종의 낮은 마음으로 남녀가 서로 사랑하면 거기서 피의 꽃은 스스로 피어난다.

신도 때로는 '그 색은 내가 모른다' 하는 색이 있다. 너와 나를 지나가고 싶은 색, 본질을 바꿔 호도하고 싶은 열정의 색, 태양빛을 빌어 정열이 되게 할 수 있다는 자만의 색이 빨강이다. 모든 색은 그 속성에 있어 크게 다르지 않다. 하지만 그 색이 사람의 심상과 조화를 이뤄 변용의 색이 될 때, 신도 그 색의 힘을 경계한다.

　빨강 가운을 입은 족부의사가 발레리나의 발을 살피다 손가락으로 발바닥을 깊이 꾹 눌렀다. 무용계에서 '붉은 춤꽃'으로 불리는 발레리나의 몸이 꿈틀 놀라고 얼굴에 열기가 뻗쳤다.

　"많이 아픈가요?"

　"예, 이상하네요. 발바닥이 아닌 다른 곳이…."

　족부의사의 엄지손가락 끝이 다시 발레리나의 발바닥을 눌렀다.

　"앗, 많이 아파요!"

　"어디가 어떻게 아픈지 말씀해 주세요. 하늘이 내린 몸예술을 공인의 것으로 지켜드릴 의무가 제게 있습니다. 지금부터 치료는 시작입니다."

　발레리나의 얼굴에 조금 멋쩍은 빛이 스치고 입이 열렸다.

　"자궁 속이 불을 쏜은 듯 뜨겁고 아파요."

　"치료될 수 있다는 확실한 반응입니다. 아직 늦지 않았어요. 물론 앞으로 더 훌륭한 발레 공연을 할 수 있습니다."

　붉은 춤꽃을 피워내는 발레리나의 발은 질긴 나무로

깎아놓은 듯 탄력이 거칠었다. 족부의사는 발레리나의 발바닥을 살살 어루만지다 자궁벽에 불을 놓을 부위를 손가락 자국이 나도록 또 눌렀다. 발레리나는 외마디 소리를 깨물며 엉덩이를 펄쩍 들었다 놓았다.

"기혼이신데 성생활이 원만하지 않군요. 발이 발레로 혹사당한 만큼 성생활로 그 어혈을 풀어야 합니다. 당분간 무용은 무리하지 마시고 대신 성생활의 기를 활력으로 받으세요."

"지금까지 제 주치의는 그런 말을 한 적이 없는데…."

"이제부터 주치의는 접니다. 다른 데로 뻗치려는 남편의 기를 온몸으로 받으셔야 합니다. 그 힘이 곧 발레의 힘이 됩니다. 그리고 빨강색 의상을 즐겨 입으세요. 마음과 몸의 열기를 높여주는 데 도움이 됩니다."

발에서 머리끝으로 솟구치는 붉은 피는 몸의 비늘을 곤두세운다. 발레리나는 그 힘으로 비상한다. 세상이 다 아는 '붉은 춤꽃'의 입지가 있기까지 수십만 번 몸 뚱이를 비상시킨 발, 족부의사는 발의 경혈을 통해 지압으로 기를 불어넣었다. 발레리나의 발과 몸의 경락이 확 뚫린 듯 음성이 상쾌해졌다.

"관중의 환호를 들으면 전신의 붉은 피가 흰 피가 될 때도 있어요. 그 황홀한 피는 평형으로 백조가 되어 날아가지요. 피가 붉다고만 생각 마세요. 붉은 피가 전혀 상상할 수 없는 흰 피가 되기도 해요."

족부의사가 말을 받았다.

"그래요. 붉은 춤꽃은 긍정과 부정 두 혈압이 피워내지요. 큰 힘의 긍정과 작은 힘의 부정이 가장 조화로울 때 분출하는 열정의 피는 백조를 향해 '날자!'를 외치게 하지요. 그렇게 외치는 극단의 환희는 사랑 위에 빨강 원광의 빛을 띄우죠. 그런데 그 빨강 원광을 흰 원광으로 보는 사람이 있어요. 성스러운 기적의 환시죠. 흰 원광의 사랑을 위해 일찍이 죽음을 건넌 부활의 사람을 아시죠. 인류를 위해 모든 피 흘린 흰사람 말입니다. 그는 외쳤어요. '이 피 흘림의 사랑이 너희의 구원이다!' 그리고 그는 나무 위에서 최초의 흰사람이 되었습니다."

이제 나무 위의 흰남자가 사람의 아들이냐, 신의 아들이냐는 중요하지 않다. 빨강 빛깔의 피가 사랑의 상징이냐, 흰 빛깔의 피가 구원의 상징이냐도 별 의미가 없다. 그 답 자체를 인류가 살아가기 때문이다.

오늘도 대한민국 제1호 족부의사는 빨강 가운을 입고 전국 대학병원을 오가며 흰남자의 발 연구에 혼신을 다하고 있다. 그리고 그는 흰 발에 붉은 피를 수혈시키며 확신한다. 이 발이 다른 발들의 구원을 위해 뛸

것이라고. 그의 빨간 가운은 그 믿음의 상징이지 싶다. 그런데 족부의사는 흰 가운 대신 빨강 가운을 입는 까닭에 대해서는 아무 말도 하지 않았다. 그는 다만 일반인의 발이든 예술가의 발이든 목사의 발이든 신부의 발이든 승려의 발이든, 세상 모든 발을 씻기고 만지며 발의 말을 들을 뿐이다.

— 주황

주황색에게 너는 황족의 의상색이냐 물었다. 그렇다, 주황색은 권위의 상징이다. 그래서 용을 수놓은 황제 의상의 속옷은 입지 않는 듯 입는다. 황제의 몸에 용이 자유로이 드나들 수 있도록 문 없는 옷을 입는 까닭이 거기에 있다. 그 기운으로 황은은 만민에게 화평의 노래를 부르게 한다.

빨강 마음, 노랑 마음이 서로 얼싸안고 중심을 잡으면 온전한 주황빛 마음이 된다. 내가 빨강이면 너는 노랑, 네가 빨강이면 나는 노랑. 나와 너의 따뜻한 사랑은 주황빛으로 늘 화평이다.

따뜻하되 뜨겁지 않으려는 남자가 있다. 주황색 남

자다. 여자들이 아주 좋아한다. 처녀보다 유부녀가 더 좋아하는 주황색 남자. 좋게 말하면 중용의 남자고, 나쁘게 보면 용의주도한 이기적인 남자다.

여자는 주황색 남자가 뜨거워지기를 바랐다. 빨강과 노랑 중간에 서 있는 남자를 빨강 쪽으로 끌어올 수만 있다면, 그 열정의 색정에게 여자는 비자금 반쯤 뚝 잘라주고 싶었다. 그 비자금이 얼만데, 여자는 스스로 묻고 몇 억을 거저 주다니, 잠시 생각에 깊어지다가 고개를 젓는다. 노랑인가 싶으면 빨강이고, 빨강이다 하고 끌어안으면 노랑인 남자를 적당한 선을 긋고 그 안에서 즐기자는 결론에 이른 것이다. 그렇다면 색도 맛인가. 즐기는 맛이다.

여자는 요와 이불을 빨강과 노랑 두 채 주문했다. 온전히 주황색 남자를 위한 침구를 갖춘 셈이다. 요가 빨강이면 이불은 노랑, 이불이 빨강이면 요는 노랑으로 깔고, 그 속에서 여자와 남자는 한 몸이 되었다. 두 색 이불 속에서 여자와 남자는 완전한 주황색 섹스 덩어리가 되는 것이었다.

살이 물들면 영혼도 물든다. 그렇다고는 하는데 과학적인 근거가 희박한 말이다. 화장을 아무리 예쁘게 해도 마음까지 예뻐지는 여자는 없다. 그것을 알면서도 사람들 세상살이는 색기에 취해 살다 죽는다.

그러기에 그렇다면, 하고 여자는 주황색의 남자를 새삼 다시 바라본다. 얼굴과 몸 반쪽은 빨강이고 다른 반쪽은 노랑이다. 서서히 두 색이 합일하여 주황색 남자가 된다. 그 신비한 조화로움에 끌리어 여자의 눈이 완전히 뒤집힌다. 주황색 남자가 뿜어내는 색으로 여자도 서서히 물들기 시작한다. 주황색이 여자의 눈 속으로 들어와 퍼져나가 몸이 물들고 마음도 물들어 주황색 여자가 된다. 비로소 이심동체, 남자와 여자는 서로를 건너 몸과 마음이 오가는 데 자유롭다.

　아, 자유롭다는 것이 부조리의 실체를 극명하게 드러낸다. 남자와 여자가 하나의 색으로 묶일 때 그렇다. 주황은 환상이 아니라 현실이다. 여자에게, 아니 자신에게 따뜻하되 뜨겁지 않으려는 남자는 참으로 자연한 주황색으로만 남고 싶은 것이다. 그 주황 생의 남자는 뇌 속 생각을 꺼내도 주황색이고, 가슴속 마음을 꺼내도 주황색이다. 그렇듯 주황색은 권위의 상징으로 실존한다.

― 노랑

　노랑 생명은 마리 로랑생이기도 하다. 프랑스 여성

그림쟁이 로랑생은 노랑 색상을 아주 잘 안다. 그림의 세계에서 색을 얼마만큼 아는 것을 잘 안다 하는가. 그녀는 노랑으로 황홀도 그리고 섹스의 리비도까지 아, 이것이야 싶게 그렸다. 그렇듯 로랑생의 그림에 흘러드는 노랑은 그녀의 마음이고 몸이었다.

환쟁이의 몸이고 마음인 노랑은 그림에서 황금의 향기를 뿜는다. 그 향기에 너무 취하지 마라. 몸이 마비되어 환상도 부르고 귀신도 부른다. 돈의 색기에 대한 경책이다. 황금 옷을 입었지만 부처 아닌 부처가 많다, 잿빛 승복을 입었지만 중 아닌 중이 많듯이.

은행잎이 떨어져 덮인 가을 길이 샛노랗다. 환한 빛의 길을 동자중(사미승)이 걸어가고 있다. 빛깔도 리듬이다. 잿빛 승복과 노랑 명주 머플러의 조화가 환상이다. 그 빛 위로 솟은 백호 친 까까머리를 감싼 노랑 원광이 말한다.

'내가 부처다!'

어린 부처가 노랑 은행잎 길을 걸어간다. 경복궁과 효자동 사이 길들은 인왕산 오르는 길과 통한다. 그 구도의 길에서 동자중은 보살을 만났다. 온통 바윗덩이 몸으로 수목을 돌의 자녀로 키우는 인왕산은 밤이면 서울의 불빛을 받아 자연한 빛을 천상에 쏘아 올렸다.

늦은 밤길 홀로 인왕사 처소로 돌아가는 동자중을 인왕산은 벽암의 빛으로 감싸주었다. 푸른 돌의 빛이 동자중의 목을 감싼 노랑 머플러에 스며들었다.

'목을 감싼 노랑 빛 누가 줬어요?'

달리 이심전심이 아니다. 인왕산이 묻고 동자중은 답하며 살았다. 동자중은 대답 대신 보살을 떠올렸다. 늦가을 정기를 받아 도화빛 얼굴로 인왕산을 오르는 보살에게 동자중은 두 손을 모아 합장하며 절했다. 보살도 어린 부처를 향해 두 손을 모아 합장하고 절한 다음, 자신의 목에 두른 노랑 빛 명주 머플러를 풀어 동자중 목에 둘러주었다. 노랑 머플러는 원광을 뿜어 동자승을 감쌌다. 보살은 그 빛에게 세 번 절하고 동자중을 꼬옥 끌어안으며 염불하듯 속삭였다.

"노랑 빛, 빛의 빛! 부처님의 빛입니다. 동자스님은 부처님 빛으로 사셔요."

그 뒤 동자중은 환속하고, 고희의 나이에 이르기까지 그 노랑 빛의 명주 머플러를 목에서 풀지 않았다. 그러나 부처의 노랑 빛도 늙은 동자중의 목살처럼 퇴색한 빛을 띄웠다. 모든 현존은 그것이 무엇이든 언젠가는 스러진다는 공허한 생각이 늙은 동자중의 목을 옥죄었다. 그럴수록 숨길을 트기 위한 늙은 동자중의 명상은 깊어졌다.

'어둠에서 빛을 뽑아 어둠을 밝히고, 밝음에서 어둠을 뽑아 어둠을 만들 줄 아느냐, 너는?'

명상 속에 그림이 그려지고, 늙은 동자중의 눈이 확 밝아졌다. 노랑 병아리가 부처의 빛을 쪼아 먹었다.

'어둠의 빛과 빛의 어둠을 쪼아 먹는 노랑 병아리를 아느냐, 너는?'

노랑 병아리와 늙은 동자중이 동시에 묻고 답했다.

'오, 명상 속 그림, 너는 깨달음의 만다라다! 아니, 모든 형상의 그림은 만다라다.'

'그럼 로랑생이 빛을 쪼아 꽃을 피워 문 노랑 병아리를 그렸다는 말인가?'

'그렸다 해도 좋고, 안 그렸다 해도 무방하다. 모든 만다라는 명상의 그림이다.'

노랑 병아리가 그림 속에서 그림 밖으로 나와 빛을 쪼아 꽃을 피워 물었다. 고희의 동자중이 미소지었다.

— 초록

초록은 봄살이 색깔이다. 여리고 밝다. 아기의 울음이며 미소다. 엄마의 흰 젖을 빨며 초록은 자란다. 그렇게 자라는 초록은 자연의 생각에 가 닿는다. 풀이 바람에 눕다가 일어서며 눈물을 흘린다. 초록 눈물이다. 아, 아픔이다. 풀들은 다 초록 눈물로 운다.

　어느 날 소가 주인의 눈물을 보고 웃었다. 초록 눈물을 흘리는 주인이 풀처럼 울었다. 소는 주인의 눈물을 날름 혀로 받아 삼켰다. 풀 향이 짙게 혀에 스몄다. 풀 향기에 취한 소가 이를 드러내고 하늘 쪽으로 육중한 목을 쳐든 채 한참 웃었다. 그새 주인은 울음을 멈추고 중얼거렸다.

　"누가 초록을 동색이 아니랄까봐. 아무렴 초록은 동색이다. 울며 눕고 웃으며 일어서는 초록은 소의 흰 젖이다."

　항상 일어서는 색이 있다. 시인 김수영이 본 풀색 초록이다. 강한 바람에 아주는 눕지 않고, 여린 바람에도 흔들리는 색이 초록이다. 초록색 풀은 겉살로 눕고 속살로 일어선다. 그래서 본색이며, 봄 색이다. 봄 색, 동토의 웃음 빛 연초록은 그대로 생명이다.

　필드에 선 여자 골퍼는 이상한 힘 덩어리다. 초록 재킷에 흰 바지를 입은 여자 골퍼의 엉덩이를 보라. 남자를 건너가 버린 여자다. 남자를 건너기 위해 여자는 초록 곡선으로 필드 저쪽 능선이 된다. 초록 능선에 취하지 않는 남자가 없다. 아마도 그 능선 때문에 밤이면 별빛 머금은 풀들이 우는지도 모른다.

밝고 감미로운 두 색이 희망의 입자로 엉킨다. 파랑과 노랑이 화합하는 초록색을 음악색으로 표현한 까닭이 있다. 색이 숲의 합창으로 들려오기 때문이다.

그날 숲속 풀밭에서 먹은 점심식사는 별미였다. 풀색으로 버무린 음식을 벌거벗은 채 먹는 기분이었고, 맛 또한 섹스가 이런 맛이지 싶었다. 그러니까, 진짜 음식 맛은 숲속 정오의 햇빛 아래 벌거벗은 몸으로 먹어야 제맛을 음미할 수 있다는 말이 이해되었다. 식탁에서 오는 성욕이 불을 연상시키면서도 초록 속의 불이라는 점에서 색의 맛은 원초적인 생명의 맛이다. 동의한다.

끝난 듯하면서도 더 이야기하고 싶은 충동으로 초록색은 여자의 흰 젖이 된다. 여자의 유방 속 흰 젖의 본래 색을 사람보다 소가 더 잘 안다. 기가 막힌 답을 소는 우유로 말했다. 초록 풀을 먹고 흰 우유를 내놓은 소는 착하고 정직하다. 보이는 것의 자연한 예술에 대해서 진리는 설파한다.

"흰색이 초록이고, 초록이 흰색이다. 그러기로 색 곧

비색이다."

색이 아닌 색, 비밀한 색. 이 말에 대한 답이 있다.

"사람 마음은 색이면서 색이 아니다. 허공색이라는 말이 있기는 하지만."

"그래, 그럼 색즉시공色卽是空을 씹으면 무슨 맛이 날까?"

"답할 수 없다."

"있다. 마음맛이 난다."

─ 파랑

파랑은 하늘을 우러른다. 보이는 깊이를 잴 수 없는 색, 높은 허공색은 가 닿을 수 없는 기도의 말씀이다.

파랑은 예술의 혼을 위로한다. 보이는 빛의 예술, 파장의 리듬 예술, 기록 예술을 넘나드는 예술혼의 공부는 끝이 없다. 예술은 말한다. 예술은 공부로 되는 것이 아니다. 예술의 파랑 마음은 춤을 출 뿐이다. 춤이 노래가 되고 노래가 춤이 되는 예술은 가르침으로 이룰 수 없다. 잠을 건너고 신神을 건너는 사람만이 이룰 수 있다.

남의 방광을 빌릴 줄 아는 여자는 모임 술자리가 아무리 길어져도 화장실에 가는 일이 없었다. 좌중에서 직선으로 마음이 흘러가는 남자의 방광을 빌려 오줌을 누기 때문이었다. 대신 그 여자에게 꼬인 남자는 자주 화장실에 갔다.

무슨 얘기야. 남의 방광을 빌어 오줌을 대신 누게 하다니. 우주 저쪽 차원의 얘기냐 싶겠지만 어젯밤 모임에서도 여자는 마신 맥주로 차오른 요의를 남자의 방광을 빌어 비웠다.

"야, 화장실은 왜 이렇게 자주 가."

옆 친구가 일어서 통로를 마련하며 분위기 깬다 싶은 볼멘소리를 했다.

"그러게, 오늘 몸이 좀 이상하네. 아직 오백 한 잔인데."

"제 누구 대신 화장실 가는 거 아냐."

파랑 의상으로 고상한 품격을 지키는 여자는 그렇듯 마음만 먹으면 차원이 다른 직관의 행위를 즐기며 속으로는 외로움을 달랬다. 그러기에 즐긴다는 말은 외로움을 달랜다는 다른 말이기도 했다.

술자리가 끝나고 남자는 파랑 여자에게 끌려가 카페에서 마주앉았다.

"미안해요."

여자의 푸른 감성이 남자에게 흘러들었다. 분명 이 느낌이었다. 술자리에서 화장실로 이끌던 그 이상한 힘. 남자는 여자의 눈을 찬찬히 들여다보았다. 여자의 눈이 파랑 빛을 은은히 되쏘았다. 무엇이 미안한지를 물으려다 남자는 말을 삼켰다. 여자 눈의 말이 파랑 기호로 읽혀졌다.

"파랑 마음의 흐름은 멈출 수가 없어요. 하늘과 바다를 향한 흐름이거든요."

여자의 눈에 물든 남자의 눈도 파랑 빛 기호로 말했다.

"고마워요."

여자와 남자의 눈에 파랑 신호등이 켜졌다. 서로를 지나가자는 빛의 말이었다.

— 남색

푸른빛과 자줏빛 중간의 남색은 현란하지 않고 정중동이다. 그 푸른 어둠은 깊고 넓다. 알 수 없음으로 열려 있는 남색은 장중하고 비의스러움을 넘어 남자가 남자를 좋아하는 말이 되었다. 이성으로 접근할 수 없는 엉덩이의 얼굴로 사랑하는 남색男色. 색의 일이 이성의 일을 초월할 수 있게 사람을 창조한 신의 일은 신만의 답이 있음을 믿는 것이 이성이다.

여자는 전혀 화가가 아니다 싶게 단정한 남색 정장 차림으로 소설가 남자를 만나러 갔다. 남자는 쉽게 근접하기 어렵다는 여자의 첫인상에 마음의 거리를 두었다.

"그림을 하는 분으로 믿기지 않네요."

소설가의 눈과 화가의 눈이 서로를 탐색했다.

"제 의상이 너무 단정하지요. 저는 그림을 그릴 때만 흐트러져요. 예술혼의 최대한 자유를 위해 실낱 하나 걸치지 않고 맨몸으로 작업을 할 때도 있어요. 선생님은 소설가 티를 안 내는데도 소설가적인 분위기가 풍겨요. 제 인물 스마트소설 쓰시겠다는 제안 받아들일게요."

당돌하다 싶게 화가의 말이 거침없다. 소설가는 새삼 망설여졌다.

"출판사의 기획의도에 따른 인물 스마트소설, 화가를 전혀 다르게 창작할 수도 있어요. 신중히 결정하시죠."

"대신 저와는 서로를 그리기로 약속해요. 저는 선생님을 색으로 그리고, 선생님은 저를 문장으로 그리면 되잖아요."

말은 쉽지만 될 일이 있고 안 될 일도 있다. 색으로 그리고 문장으로 그린다. 시감과 심감, 소위 눈 읽기와 마음 읽기의 호소력 싸움에 화가 소설가 어느 쪽도 자신이 있다 할 수 없다. 왠지 소설가는 화가의 남색 정장 차림의 기운에 눌리어 심기가 불편했다.

"미안합니다. 제 쪽에서 인물 스마트소설 쓰기를 취소하겠습니다."

화가의 얼굴에 남색 기운이 번졌다.

"경쟁에 대한 트라우마가 있으신가요. 그러시다면 이번에 저를 문장으로 그리시면서 치유의 기회를 잡으시죠."

경쟁에 불을 붙이는 화가의 눈이 남색 빛을 뿜었다. 소설가는 그 빛 뒤쪽 화가의 화실 문을 열었다. 그곳에 통시적인 환상이 펼쳐졌다. 화가와 소설가가 홀랑 벗은 남색 몸뚱이로 서로를 뚫어져라 훑고 있었다.

— 보라

파란 하늘에 붉은 피를 뿌려 만든 보라색은 신神 속의 사람, 사람 속의 신을 상징한다. 이 신비로운 상징의 빛깔은 죄의 빛과 구원의 빛을 동시에 발한다. 빛의 말은 생을 보랏빛으로 살라는 암시를 준다. 절대 이 암시의 미혹에 끌려가지 마라. 꿈이 절망한다.

보라색은 망설임 없이 영혼에게 가 닿는다. 그렇듯 생과 사를 찬미하며 이승과 저승을 넘나드는 색이다. 보라색을 찬찬이 들여다보면 어머니가 부르는 소리, 누이가 부르는 소리, 할머니가 부르는 소리, 아내가 부르는 소리가 들려온다. 그래서 남자들은 보라색의 혼합된 음색에 사로잡히면 그대로 미라가 되기도 한다.

남자는 그날을 잊을 수가 없다. 보라색 빌로도 천 한복 차림으로 외출한 여자가 만취해 돌아왔다. 술의 신통력이 여자를 바꿔놓았다.

"당신, 밝은 조명 아래서 내 벗은 몸을 보고 싶다고 했지. 좋아요. 오늘 그 알몸뚱이 제대로 한 번 보라구요. 국회의원 여자 몸뚱이는 보라색이래요. 사실인지 확인해 봐요."

"당신도 이렇게 취할 때가 있군."

여자가 방을 나서려는 남자 손을 붙잡고 옷고름을 풀게 했다. 남자는 마지못해 옷고름을 풀다 말고 떨리는 시선으로 여자의 손가락을 보았다. 보라색 새끼손가락을. 보랏빛이 분출하는 새끼손가락 손톱을. 남자는 신음하듯 속으로 뇌었다.

'아내는 왜 새끼손가락 손톱만 보랏빛 매니큐어를 칠할까?'

그 물음에 겹쳐지는 답이 떠올랐다.

'그렇지. 총을 이긴 보랏빛 새끼손가락, 미얀마 민주 수호의 천사 수치 여사의 손가락 손톱 색이 보랏빛이었지! 그녀의 머플러와 의상의 보랏빛, 그 힘이 지지자들을 이끌어갔다.'

남자의 손이 부드러워졌다. 결혼 전 처녀 때 여자의 몸을 만지던 손이 되었다.

"그래요, 의원님 너무 취했어. 옷을 벗겨드리지."

순간 남자는 여자의 눈 동공에 비친 사내를 보며 소스라쳤다. 사내의 몰골에서 남자는 또 다른 남자를 발견했다. 남자 속의 다른 남자, 그리고 남자는 여자의 옛 연인을 떠올렸다. 심장을 벌렁거리며 남자는 곱씹어 뱉었다.

"오, 이 보라색! 끝없는 야망의 과욕!"

남자는 여자의 속옷까지 다 벗기고 보랏빛 몸뚱이를 내려다보았다. 성욕이 불끈 치솟았다. 남자는 보라색 여자를 끌어안았다.

'더 이상 아내의 보라빛 생 앞에 비겁하지 말자. 적극적으로 감당하며 사랑하자.'

남자는 여자의 입술을 덥석 물고 보라색 바다를 헤엄쳐 들어가다 보랏빛 여자의 눈을 보았다. 여자의 눈이 보랏빛 소리를 뿜어냈다.

"천상으로, 천상으로!"

　이 일곱 빛띠 무지개 이야기는 독자가 남성이든 여성이든 본인의 이야기로 읽을 수 있습니다. 그렇지만 현실은 하늘의 희망 시詩, 무지개 이야기로도 위로받을 수 없는 상한 마음들이 너무 많습니다. 말세의 마음들이 문명지옥을 헤매기 때문입니다. 구린내가 나고 피비린내가 나는 돈이라도 그 앞에 모자를 벗고, 권세 앞에 무조건 무릎을 꿇는 마음들은 지옥이다, 천당이다, 극락이다, 종교의 하늘구덩이에 빠져 허덕입니다. 그 비몽사몽의 미혹한 눈으로도 읽을 수 있기를 바라서 무지개 시를 무지개 이야기로 써 보았습니다.

　일곱 빛깔 이야기의 무지개가 당신의 하늘구덩이를 오르는 사다리가 되어 주리라 믿어도 될까요. 부디 마음의 눈으로 읽어주세요. ✶

누구나 죽음을 훔치려 이 세상에 오는데 제가 죽음을 일찍 훔친 것을 너무 아파하지 마세요

물의 말을 듣다

　학위는 묻지 않고 소설가를 초빙한다. 소설가 자격으로 문예창작 실기 강의하라. 이를 전제로 나는 K대학과 H사이버대학의 강의를 맡았다. 교수자로서 자질이 있는가. 나는 스스로 묻고 정직하게 답한다. 자질이 별로다. 그래서 차별성 소설 강의를 구상한 것이 스마트소설 강의였다. 대학에서 학점 이수 차원으로는 처음인 스마트소설 강의는 의외로 학생들의 반응이 좋았다.

　그 스마트소설 강의 내용을 옮기면 이런 것이었다. 인생을 순간의 허구로 바꾸는 것이 스마트소설이다. 상상의 순발력이 반짝 빛을 발하도록 쓴다. 인생의 어느 한 토막 단편을 2백자 원고지 7, 15, 30매 내외 이야기로 압축하고 상징하되 투명하고 선명할수록 좋은 스마트소설이다. 상징이 투명하고 선명하다는 것, 감성과 직관을 투시하라는 말이다. 모호하고 근접하기가 어렵겠으나 창작에 대한 설명은 신의 말과 유사한 까닭에 이런 정도로 이해할 수밖에 없다. 수강 학생들에게 '사랑'과 '사람'이란 제목으로 스마트소설을 쓰게 했다.

— 사랑

어느 날 문득 사랑은 내게 와서 눈을 멀게 하더니 속삭였다. 사랑은 그런 것이다. 하나만 보란 말이다. 절대 사랑은 하나만 보인다. 그것이 사랑의 속성이다. 둘이 보인다고? 다른 하나는 헛것이다. 둘 다 헛것이든지. 헛것에 눈이 익으면 헛것만 보인다. 교정이 불가능하다. 그래서 평생 속는 사랑만 하는 사람이 부지기수다. 오로지 나는 너 하나만 보인다. 너는 나 하나만 보인다. 이것이다, 사랑이. 여기까지는 지나간 어제의 사랑이다.

이제는 지금 오고 있는 오늘의 사랑을 이야기해야 한다. 오늘의 사랑은 다르다. 색의 사랑이다. 빨강사랑과 파랑사랑이 그것이다. 구체적으로 말하면 이남 총각이 이북 처녀를 죽고 못 살아하는 사랑이 빨강사랑이다. 그렇다면 파랑사랑은 말 안 해도 뻔한 것이다. 그 뻔한 것일수록 그대로 반복해 말하는 것이 좋다. 이북 총각이 이남 처녀에게 홀딱 빠져 사족을 못 쓰는 사랑이 파랑사랑이다. 그런데 이 색의 사랑이 멈춰 있다고 태극을 돌리려드는 세력이 진보 종북주의자들이고, 태극은 본래 음양의 조화로 멈춤이 없는 동적인 것인데 억지 부린다며 태극을 그대로 두자는 세력이 이남 보수골통이다. 사랑이 좋은 것만은 분명한데 복잡하고 어려운 까닭이 여기에 있다. 종북주의자의 사랑법과 보수골통의 사랑법이 서로 다르다는 것이다.

참고 기다림에 지친 우리의 사랑은 물의 말을 듣는 지혜가 필요하다. 반도국가 국민이어서가 아니라 물은 지혜이고 어머니인 까닭이다. 물은 말한다. 사랑은 고해의 바다를 건넌다. 사랑은 기다림이다. 물을 건너는 사랑만의 기다림.

— 사람

사람 몸은 사람을 다 안다. 이목구비 팔다리 오장육부 그것들이 사람 몸을 아는 영성의 기관이다. 그럼에도 불구하고 그 몸에 문제가 생기면 몸에게 답을 구하지 않고 세상에게 답을 구한다. 세상 답은 오히려 몸을 쓰러뜨린다. 넘어지면서 몸이 답한다. 맥박이 뛰면 살고 호흡이 멈추면 죽는다. 그때 몸속의 생각이 나서서 말을 뒤집는다. 호흡을 하면 살고 맥박을 멈추면 죽는다. 몸과 생각 어느 쪽도 양보 없이 그 주장을 뒤집고 뒤집는다. 마치 주장을 위한 주장이 인생인 것처럼. 그렇게 사람은 누구나 와서는 주장을 일삼다 사소함과 진지함의 차이도 모른 채 간다는 것이다. 무엇이 데리고 와서 무엇이 데리고 가는가. 답이 없는 물음에 그저 모두가 하품을 하고 기지개를 켜며 자기 인생의 질곡에게 사무친다. 이때 비로소 생각은 사람 몸속을 뛰쳐나가 참 생각에게 이른다.

오로지 생각의 자유를 써라. 그 생각을 자유롭게 하는 짧은 이야기가 스마트소설이다. 강의를 하면서도 나는 수강자에게 그리고 소설가인 자신에게 미안했다. 네가 차별나게 한다는 이 강의가 문학의 순도를 낮춘다. 그뿐인가. 오히려 수강자들 순수창작의지를 오염시킨다. 그런 생각이 내 얼굴에 씌었던지 강의 뒤풀이 자리에서 나를 시험하려 드는 녀석이 있었다. 술의 힘을 빌어 녀석은 시비다 싶게 눈을 똑바로 뜨고 나를 바라보았다. 풀린 눈에 물기가 어렸다.

"교수님, 문학의 이름으로 씌어지는 글들이 다 정직하다고 생각하십니까?"

정직 순수 어쩌고 감성에 호소하는 말이 나오면 나는 문학에 대한 죄의식에 사로잡혀 아무 할 말이 없어졌다. 그럴 때마다 나는 아주 상투적이었다.

"네가 읽어 정직한 생각이 들면 정직한 글이다."

녀석이 돌 씹는 얼굴을 하더니 눈길을 피하며 말했다.

"교수님, 스마트소설이 스마트폰 세대를 겨냥한 짧은 소설이라면 쉽고 재미있어야 하는 것 아닌가요. 교수님이 예로 든 스마트소설은 짧긴 한데 어렵고 재미가 없어요."

"문학에 있어, 아니 예술에 있어 어려움 자체가 재미가 될 수 있다. 관념이나 철학이 상징 의미로 끼어들어 예술의 본질에 가 닿자면 어렵다."

"물의 말을 듣는 사랑, 사람 몸속을 뛰쳐나간 참 생각, 문장만 폼나지 도대체 오리무중이니 누가 읽어요."

"이제 시작이다. 앞으로 너희들이 쉽고 재미나는 스마트소설을 써서 낭송회도 하고 술자리에서 안주를 삼으면 붐이 일거다."

녀석이 소주 한 잔을 단숨에 비웠다. 뭔가 조금 비장함을 과장하는 그의 버릇이었다.

"교수님의 최근 작품이 뭡니까, 있기나 합니까?"

녀석의 혀가 조금 꼬였다. 그래, 소설가 폐업한 지 오래다. 너에게 무례한 소리 들어 싸다. 나는 속으로 눙치며 답했다.

"없다."

참 죽을 맛이다. 나는 자조하며 술잔을 들었다.

"교수님, 우리 지금 스마트소설 쓰고 있어요?"

취중 진담이 이상하게 작용한다 싶은지 녀석은 흰 치열을 드러내며 장난스럽게 웃었다. 아무렴 너도 그런 방편으로 나에게 선생이 된다. 본래 뒤풀이 자리란 서로 가지고 놀 때 또 다른 공부가 되지 않더냐.

"그래, 이 현장을 그대로 옮기면 스마트소설이 되고도 남는다. 써 봐라."

녀석이 스마트폰 메모 노트를 열고 자판을 두드렸다. 취기 넘친 그의 순발력이 좌중을 사로잡았다. 그야말로 스마트폰으로 짧은 시간에 쓰고 바로 낭독할 수 있다는 스마트소설을 녀석은 그새 짓고 모두 들을 수 있게 큰소리로 읽었다.

"교수님께서 최근에 쓰신 소설이 뭐가 있지요?"

학생이 묻고 입가에 야릇한 웃음을 흘렸다. 순간 교수가 학생의 웃음에 아주 맛이 갔다. 지금 너 나를 비웃는 거지. 이 짜식! 당장 뱉고 싶은 말을 교수는 참았다. 아니다. 교수가 참는 것이 아니라 작가가 참는 것이다. 이윽고 작가 정신이 답했다.

"소설, 아무나 쓰나."

박수 소리가 멈추고 녀석의 여자 친구 여미가 대신 제목을 붙였다. 「소설가 교수」! 너무 직설적인가. 녀석은 희죽 웃으며 잔을 들어 내 잔에 부딪쳤다.

"교수님, 제가 왜 교수님과 술자리에 마주앉으면 취하는 줄 아세요. 모르죠. 사실을 말하자면요. 교수님 땜에 취하는 것이 아니라 스마트소설 땜에 취해요. 그러니까, 교수님 강의 명강의다 이거죠."

"그런 소리 안 해도 나는 술만 들어가면 기분이 좋아."

사실이 그랬다. 나는 술 체질이 아닌데도 술이 들어가면 기분이 좋아졌다. 그 가당찮은 호기 때문에 엉뚱한 약속을 하고 술이 깨면 곤욕을 치렀다.

"아무튼 교수님, 오늘은 좀 특별한 날입니다. 이번 학기 끝나면 제가 입대를 하걸랑요. 그래서 취하고 싶다면 교수님 용서하실 거죠."

"뭐야, 너 주례 서 달랠 때는 결혼하고 군에 간다더니?"

"솔직하게 고백하자면요. 저희 양쪽 부모 모두 결혼 반대예요. 그래서 여미와 저 합의를 보았어요. 교수님을 삼각관계로 묶어 두자고. 우리가 교수님 주례로 결혼을 하면 그 술책을 하나님도 풀지 못할 거라고. 그러니 군대 가기 전에 아무도 부르지 않고 셋이서만 하는 결혼식 주례를 교수님이 꼭 서 주셔야 해요."

내게는 이놈의 술이 문제야. 호기가 불끈 치솟았다.

"그래, 도음이 네놈의 문학에 대한 객기가 어떻게 풀리나 지켜보기 위해서라도 내가 주례를 서 주마."

여미가 술잔을 들고 내 옆자리로 옮겨왔다.

"교수님, 저희 결혼식장은 어디가 좋을까요."

내 입이 절로 터졌다.

"내가 아는 스님이 있다. 그 절에 가서 하자."

여미와 도음이의 주례 약속은 순전히 술의 기운이 이끌어 낸 것이었다. 그러나 술이 깨고 나서 생각하니 아니할 약속이었다. 물론 술기운만은 아닌 진정성이 더했지만 그 약속 이행이 그들 생의 방향을 바꿔 놓을 수도 있다는 생각이 들었다. 나는 고개를 저었다. 그 약속을 지킬 마음이 아니었다.

주 한 번쯤은 만나던 도음과 여미가 웬일로 잠잠했다. 다행이다. 여미네는 크리스천, 도음이네는 불교 집안이었다. 나는 녀석들 생각이 바뀌기를 바랐다. 그런데 웬걸 전화 문자가 왔다. '마음의 준비 완료. 교수님 말씀하신 절에 가 결혼식 올려 주세요' 그냥 술자리 취기로 지나가기를 바랐는데 결국 나는 그 약속을 지킬 수밖에 없이 되었다. 도음이 입대하기 한 주 전이었다.

나는 모처럼 정장을 하고 백팔사百八寺에 갔다. 도음과 여미가 먼저 와 백팔사 일주문 앞에서 기다리고 있었다. 열정과 순수한 마음의 예복을 입은 녀석들 모습이 참 보기에 좋았다. 까만 셔츠에 빨강 스카프를 타이로 맨 도음이와 하얀 니트 셔츠에 흰빛 스카프를 느슨히 맨 여미가 나를 양옆에서 팔짱을 끼고 백팔사 법당을 향해 걸었다. 역시 저법 주지스님은 당신의 말대로 어디론가 피하고 절은 비어 있었다. 나는 백팔사 경내로 들어서기 전에 발을 멈췄다.

"자, 지금부터 두 사람 혼례가 시작된다. 일체 예를 주례가 맡는다. 너희가 백팔사를 먼저 보고 싶다할 때 허락하지 않은 까닭이 있다. 이 절은 외관으로는 작고 보잘것없는 독사찰이지만 세상 어느 사찰보다 큰 절이다. 그래서 아무나 들이지 않는 절이기도 하다. 108평 대지에 18평 법당, 이것이 백팔사 전체의 모습이다. 그러나 마음의 눈을 크게 뜨고 보면 여기서 모든 것을 볼 수 있다. 우리는 지금 108평 불찰 마당을 두르고 있는 문이 없는 폭 높이 한 자의 돌담을 넘어 혼례를 치르러 간다. 부처를 훔치러 월담을 하는 승려처럼. 마음의 준비를 하거라. 백팔 번뇌를 놓으란 말이다. 그래야 남자는 여자를, 여자는 남자를 훔칠 수 있다. 저 풍경 소리가 웨딩마치다. 자, 입장하자."

나는 오른쪽에 여미, 왼쪽에 도음을 세우고 그들이 팔짱을 놓게 한 다음 내가 팔짱을 끼고 걸었다. 돌담을 넘어 긴 사각형 법당 대리석 불두만 놓인 불단 앞까지는 작은 보폭으로 삼십삼 보였다. 나는 두 사람 팔을 놓고 불단의 부처님 용안을 바라보며 일렀다.

"부처님께 세 번 함께 큰절을 올린다."

절이 끝나고 나는 두 사람 맞절을 시키고 서로 포옹하게 했다.

"부처님 이로써 도음 군과 여미 양이 한 몸이 된 혼례를 마칩니다. 부디 부처님보다 큰 남자, 보살님보다 큰 여자를 훔친 결혼임을 이들이 항상 알게 하십시오. 나무 서가모니불."

"교수님, 아니 주례님 고맙습니다."

도음과 여미가 활짝 웃으며 내게 절했다. 나는 그들을 앞세우고 법당을 나서면서 한마디 덧붙였다.

"법당에 들어올 때는 도음이가 왼쪽이고 여미가 오른쪽이었다. 이제 나갈 때는 반대로 선다. 이는 서로가 서로를 도둑질한 증거를 드러낸 것이다. 결혼보다 큰 도둑질은 없다. 절대 작은 도둑질은 하지 마라."

여느 사실 혼례와 진배없이 나는 두 사람의 마음을

묶는 성스러운 주례를 서고 증인이 되었다. 그리고 도음은 신혼여행 후 해군에 입대했다.

새 학기 재임용에서 나는 탈락했다. 학위 강사들을 우선 임용한 것이다. 잘된 일이었다. 나는 이때다 싶어 문예진흥기금 받은 창작작품에만 매달렸다. 일체 티비며 신문을 끊고 창작에 몰두했다. 그런데도 작품 진행은 순조롭지 않았다. 몹시 신경이 날카로운 때 여미가 이메일을 보내왔다.

'교수님, 저 이제 어떡하죠? 교수님을 지금 꼭 봬야 해요. 잠깐만 시간 내주셔요. 도음이와 마지막으로 뵈었던 그 카페에 가 있을 게요.'

문자가 여미의 다급한 음성으로 바뀌어 환청을 때렸다. 여미의 절박한 심장이 느껴졌다. 나는 곧장 카페에 갔다. 여미가 내 손을 덥석 붙잡았다.

"교수님, 도음이가…."

여미는 하염없이 눈물을 흘렸다.

"도음이가 어쨌다는 거야. 알아듣게 얘길 해봐."

여미는 천안함 사건 뉴스를 그대로 옮겼다. 그제서야 나는 김도음 군의 유고를 알았다. 유구무언이었다. 그날 밤 여미와 나는 헛헛한 가슴에 술만 들이부었다. 몹시 취했다.

천안함 46명 순직 장병 합동 추모제날 나는 홀로 울울하다가 흰머리를 어린 수병처럼 짧게 깎아버렸다.

'도음 군, 내가 너를 위해 할 수 있는 행위가 고작 이 치졸한 머리깎이다. 순수 열정으로 네가 좋아했던 문학의 이름으로 명복을 빈다.'

나는 속으로 울면서 도음 외 45명 추모 장병들의 영혼도 위로했다.

'머리를 깎듯 추모의 마음을 잘라 바치오. 하지만 마음은 형체가 없어 잘린 형상을 보여줄 수가 없구려. 부디 그대들 꺼지지 않는 불꽃으로 조국의 안녕에 바쳐진 희생 기리 빛나소서.'

그들을 향한 위로는 오히려 오염된 내 영혼을 정화시켰다.

'당신의 마음을 우리는 볼 수 있어요. 형체 없는 것은 형체 없는 것의 아픔을 알아요.'

그렇다. 형체 있는 것은 형체 없는 것에게 가서 자유한다. 아무렴 모두가 형체 없는 것에게 간다. 형체 없이 영원한 그대들 곁으로.

어느 쪽이 빨강이고 파랑인지 착시현상을 일으키는 태극 돌림 이야기는 계속 이어질 뿐 천안함 사건의 책임 소재가 확증되었음에도 불구하고 심증의 미진한 부분은 여전히 남아 있었다. 이제 천안함 사건에 대해서 무슨 말이든 하기가 황망할 뿐이었다. 그래도 남은 유족들의 먹먹한 가슴을 위로할 주문이라도 읊어야 한다면, 울지 마라 파도야! 파도야! 외쳐 부르고 46명 무주고혼이 된 수병들 추모를 위한 황해 진혼굿을 올려야 하리.

저기 황해 물빛이 빨강울음 파랑울음 운다. 파도로 외쳐 부르고 너울로 울고 운다. 바닷물 핏빛으로 너울너울 춤을 춘다. 악, 악, 아악! 무주고혼을 아시나요. 언어가 절하는 한을 품은 원혼들을 왜 몰라. 무슨 말을 할 수 없는 한, 말이 끝나버린 한, 그래서 말이 무릎을 꿇고 절을 할 수밖에 없는 한으로만 뭉친 혼. 혼들은 혼을 부르며 빛의 울음 운다. 파랑 빛 빨강 빛으로 울음 운다. 태극의 울음, 본래 하나이면서 둘인 울음, 음과 양의 영원한 울음이 바다 안고 창천을 오르내린다. 황해 속을 뚫고 중음의 세계에 들어가 떠돌며 슬피 우는 빛깔의 울음혼들 이제 그만 원융무애하시라!

두 동강난 천안함 인양되고 무주고혼들 울음도 위로 받았어라. 이제사 그 붉은 바다, 바다의 푸른 숨을 쉬네. 오, 어머니의 바다! 비로소 바다님은 아픈 빛의 울음 안고 자연하시다. 진혼굿으로 중음의 강을 건너는 빛 밝은 넋님들 부디 이승의 한 풀고 저승의 자유 누리고 누리소서.

무당 넋두리가 원혼들의 절을 받는 까닭이 있다. 어느 제도권의 유명 예술가의 예술보다 더 진한 울림의 주술이기 때문이다. 그래서 넋두리는 소설의 진실, 이야기의 진실에 가 닿는다. 있는 것 뒤쪽에서 없는 것 뒤쪽에서 눈 똑바로 뜬 이야기, 그냥 이야기가 아닌 이것이 황해 진혼굿 무당 넋두리이다.

생각하면, 모든 것에 답이 있다. 진리를 생각하면 답으로 진리를 얻듯이 해군을 생각하면 해군이 답이 된다. 바다에서 영원한 해군. 생각한다는 것, 우리는 모두 이 생각 속에 있다. 생각 속에서 태어나 늙고 병들고 죽는다. 그렇듯 우주 역학은 음양의 조화처럼 하나로 영원하다. 바다는 뭍을 안고 잠들고 깨어나고, 여자는 남자를 남자는 여자를 안고 잠들고 깨어나기로 항상 있다. 음양은, 아니 나와 너는 둘이면서 하나라는 것이다.

천안함 순직 46명 수병들이여! 이제 당신들 영혼 국립대전현충원에서 편히 쉬소서. 바다가 아파하니 국민도 나라도 아파하는 것으로 위로받으소서.

천안함 사건 일주기가 지났다. 나는 조심스럽게 여미의 의중을 떠보았다.

"이제 나와 함께 백령도에 갈 수 있겠니. 그곳에서 도음이를 위로하면 우리 마음이 정리되지 싶어서다."

"고맙습니다. 교수님이 언젠가는 그곳에 데리고 가주실 것을 믿고 있었어요."

"이심전심이 따로 없구나. 그래 다녀오자."

나는 여미을 데리고 백령도에 갔다. 천안함이 두 동강난 바다를 우리는 바라보았다. 검푸른 파도의 일렁임, 안개 속 원혼들의 두런거림, 분명 순직한 46명의 수병 중 도음이 말을 걸어왔지만 여미와 나는 귀가 있어도 가슴이 막혀 듣지 못했다. 무량하고 정직한 바다의 말도 우리는 읽을 수가 없었다. 여미의 볼에 눈물이 흘러내렸다.

"교수님, 가슴이 눈이고 가슴이 귀일 때가 있다는 글을 읽은 적이 있는데 바로 지금 제 가슴이 눈이고 귀예요. 그런데 가슴이 막혀서 보지도 듣지도 못해요. 분명 저어기서 도음이가 손을 흔들며 교수님과 저를 외쳐 부르고 있는데…."

눈물을 흘리면서도 여미의 음성은 담담했다.

"나도 가슴이 먹먹할 뿐이다. 허나 네 가슴 같을까."

나는 속으로 되뇌었다. 바다여 침묵하는 바다여, 침

묵 자체의 말을 뭐라 해득할까. 하늘이 침묵하니 바다
도 침묵한다. 그렇구나. 그래서 바다는 침묵한다. 무슨
허튼수작이냐. 말장난은 가라. 여미가 나를 불렀다.

"교수님!"

나는 의식과 망념의 싸움에서 벗어났다.

여미는 백을 열고 두툼한 편지 봉투를 꺼냈다.

"그동안 도음이 보낸 편지를 모았어요. 제 마음에 드
는 글 하나만 읽고 다 태우려고요. 교수님 마음에도 드
실 거예요."

나는 가슴이 저민다는 말을 실감했다.

"그래, 들어보자."

─ 사랑하는 여미에게(항상 여백의 미를 생각하며)

백팔사 담을 넘어 여미를 훔쳐 나올 때 나는 보았지.
부처님이 한쪽 눈을 찡긋해 보이는 것을. 내가 잘못 보
았는가. 확인하고 싶어 죽겠는데 눈이 앞만 보았어. 왜
돌아보지 않았을까. 아무리 생각해도 그 까닭을 모르
던 것이 천안함에 배속받고 한 생각 깨달음이 왔어. 만
일 그때 내 눈이 뒤를 돌아보았다면, 그리고 여미도 따
라 뒤를 돌아보았다면 우리는 함께 소금기둥이 되었으
리. 우리는 그렇게 앞만 보는 시간 속에 있었어. 두 사
람 중 어느 한 사람이 뒤를 돌아보았다면 교수님 주례

로 그 멋진 결혼을 할 수 있었겠어. 아주아주 행복한 결혼을 생각하면 고된 수병 생활도 즐거워. 그런데 다시 읽어보니 이 글 속에 불경한 점이 있어. 글은 내 마음이니까, 다 좋은데. 왜 소돔성의 비유와 겹쳐질까. 백팔사 법당은 여느 절과 달라서 내 영혼을 완전히 사로잡고도 남았는데. 편지 부치는 것을 하루 미뤘어. 눈目을 화두로 들자 물의 말이 속삭여 주더군. 스마트소설로 화두에 답하는 것도 나쁘지 않다고. 이래서 모든 화두는 답이 있게 마련인가 봐.

— 실눈

대리석으로 두상만 깎은 불두 부처님은 실눈을 뜨고 계셨다. 동자승이 삼배 큰절을 하고 여쭈었다.

"부처님, 실눈을 뜨시고 무엇을 보고 계십니까?"

"목이 달아난 내 몸을 보고 있다."

"몸이 많이 아파하십니까?"

"네 생각에 어떨 것 같으냐?"

"너무너무 아파할 것입니다."

"그렇다. 이 대답이 맞느냐?"

동자승은 말없이 절만 세 번 올리고 법당을 나섰다. 답은 답을 하지 않는 데서 얻어지는 답이 있다. 동자승의 경우가 그렇다.

"부처님, 그때 도음의 눈이 부처님을 돌아보지 않은 까닭을 아시죠?"

"그 답은 네가 안다. 이르거라."

화두의 답을 여미가 알아듣도록 쓰면 이런 것이야. 도음은 부처님 눈을 빌어 여미에게 윙크를 보낸 자신을 깜박 부처님으로 착각했지. 그래서 부처님이 도음에게 이르셨어.

"말세 중생 모두 자신을 돌아보아 소금기둥 안 될 사람 아무도 없다. 모두가 소돔성의 마귀들이거든. 잘 돌아보지 않았다. 네가 부처의 눈 속으로 들어가 부처를 소돔성의 우상으로 만들었어."

나는 눈물을 보이지 않으려고 이북 산천이 바라다보이는 곳으로 눈을 주었다. 그런 나를 여미가 의식하고 젖은 음성을 맑히며 말했다.

"도음의 글들은 교수님 영향이 컸어요. 불교적인 사념이 특히 그래요."

더 하고픈 말을 줄이고 여미는 라이터를 그었다. 소지燒紙하듯 그녀는 편지를 하나하나 불살랐다. 한이 서린 불꽃으로 편지는 다 타고 남은 재는 바람에 흩어졌다. 여미가 다시 가방을 추슬러 가지고 온 소주 팩을 꺼내 공중에 들어 보이며 외쳤다.

"도음아, 많이많이 떨었지! 자, 이 소주 마셔. 춥지 않을 거야."

여미가 소주 팩을 기울였다. 술이 쏟아졌다. 여미의 눈에 문득 도음의 환영이 나타났다. 바다가 두 동강 났다. 여미의 흐느낌을 쥐어짜는 신음에 나도 마음이 갈라져 두 사람이 되었다. 진보 종북주의자로 북쪽에 선 빨간 나와 남쪽 보수골통인 파란 내가 말싸움을 벌였다. 피바다와 쪽빛 바다가 어쩌느니, 쪽빛 하늘 아래 하나의 조국이 어쩌느니, 김일성 김대중 김정일 노무현이 저승에서 웃고 운다느니… 말싸움은 메치고 뒤집고 돌고 돌다가 파도가 되어 파도소리로 스러질 뿐이었다. 결국 바다가 하나라는 뜻인데, 남북이 하나의 나라라는 말인데 그 말을 알아듣게 주고받기가 어려웠다. 나는 되뇌었다. 그래서 바다는 침묵이다. 46명의 우리 수병들 다 수장하고 하나님이 침묵하듯 바다도 침묵한다.

나는 그만 눈을 들어 하늘을 보았다. 바다와 하늘이 나와 여미를 수평선으로 둘러쌌다. 바다, 나, 여미, 하늘, 나 아닌 것들이 내 속에 들어와 하나가 되었다. 나는 황해에게 황해는 나에게 섞이고, 하늘도 내게 와서 섞일 때 여미도 와서 섞이었다. 하나의 온전한 의식의 눈이 열렸다. 바다와 하늘은 한반도를, 그 뿌리를 감싸고 있었다. 영원한 여성성의 바다, 바다는 어머니였다. 어머니, 당신은 우주만물을 낳은 오로지 한 분의 여자입니다. 한반도를 싸안고 있는 바다, 황해 동해 남해 지칭을 부를수록 바다는 파도의 울음을 울었다. 어머니의 울음이었다.

"교수님, 저 여기 오기 전에 도음이 어머니 만났어요. 도음이에 대한 마음 다 놓아버려야 잊을 수 있다고 하셨어요."

"그래, 어머니는 침묵하는 바다를 아신다. 그 마음이 저 바다의 침묵을 듣게 한다."

천안함 피격 사건으로 수병 46명 무주고혼이 되어 그 울음 황해를 덮고 있었다. 파도가 흰 울음을 우는 백령도 그쪽 바다는 황해의 중심이 되었다. 천안함이 두 동강나서 침몰한 그곳. 나는 관계의 아픔에 동참하고자 여미를 데리고 백령도에 왔지만 추모의 정을 나누기는 시간이 더 필요해서 가슴만 허허할 뿐이었다. 나는 애써 물안개 뒤쪽 바다를 바라보지만 도음에 대한 기억은 더 흐려지고 어두웠다. 생이란 피해가야 할 곳을 지나치다가 가슴 한쪽이 왜 비어 있는가를 알게 된다. 한반도 통일에 대해서 아직은 회의적이면서도 그러니까 무엇인가를 더 말해야 한다는 의식이 이곳에 오는 사람들의 의식을 하나로 이끌는지도 모르겠다.

이것이 지금 내 의식의 전부다. 도음의 죽음에 위로가 되지 않는 의식의 무의미. 그 무의미를 안고 나와 여미는 백령도를 떠나왔다.

스승의 날 오늘, 나는 녀석이 더욱 그립다. 녀석의 부재에 대한 아무런 설명을 할 수 없는 미안함 가운데 나는 여미와 마주 앉았다. 여미가 내 앞에 선물을 내밀고 조금 상기된 얼굴로 말한다.

"교수님, 저 이제 절대 안 울어요."

천안함 사건이 있고 두 번째 맞는 스승의 날이다.

"그래, 살아 있는 삶에 대한 미안함을 잊자는 것이 아니라 놓아두고 가끔은 바라보자."

나는 그렇게 말하고 싶었지만 참았다.

'참고 참은 말이 지혜가 되면 그것을 물의 말이라 했다. 흔적 없이 스며드는 말, 지혜의 말, 염화시중의 말, 태극의 말. 아무럼 물의 말은 참음에서 듣는 말이다.'

나는 되뇌며 5월의 푸름이 여미의 얼굴에 스며드는 것을 보았다. 그때 도음이 내 먹먹한 가슴을 쳤다.

"교수님, 누구나 죽음을 훔치려 이 세상에 오는데 제가 조금 죽음을 일찍 훔친 것을 너무 아파하지 마세요."

죽음을 훔친 도둑, 나는 그 말을 곱씹고 곱씹었다. ✼

사람본전이다 부처본존이다 이 말은 사람을 부처와 나누지 않고 곧 사람이 부처라는 뜻이다

사람본전

사람에게 참 자유는 죽음을 건너는 죽음으로 생을 스스로 마감하는 것이다. 나는 나이 70을 넘기면서 몸과 마음이 하는 이 말에 깊이 천착하게 되었다.

죽음연습이 필요했다. 백세시대에 누구나 구십 세를 넘겨 살고 싶어 하지만 나는 그렇지 않았다. 누더기 같은 육신의 시간을 꿰매며 꾸역꾸역 생명을 연장하는 것이 아니라 자신이 그 시간을 멈출 수 있는 의지의 사람이고 싶은 것이었다. 희망사항이 될 수도 있다. 그러기에 나는 숙명적인 나의 의지를 시험하고자 계획을 세웠다. 그 계획을 자연과 더불어 사람이 도울 것을 나는 믿었다. 그 믿음은 망설임 없이 자연에게로 떠남의 길을 열었다.

그럼에도 불구하고 실로 떠난다는 의미는 그냥 남아 있겠다는 다른 말인지도 모르겠다. 확신이 오히려 그 마음을 무너뜨리는 경우가 있듯이. 이건 내 마음이 아닌데 하고 들여다보면 그것이 본마음임을 아는 때처럼, 왜 그런 기분 있지 않은가. 아무튼 이제 발 가는 곳으로 마음은 함께 가야 한다.

사람들은 나이 팔십 세에 구십을 바라보며 산다고 망구望九잔치를 한다. 딸아이가 효도하겠다고 그 잔치 베풀기를 원했지만 나는 만류하고 집 떠날 생각을 앞세웠다. 집사람이 먼저 집을 떠나고 나는 남은 생의 주인 의식이 더욱 강해졌다. '미수米壽의 어느 날 곡기를 끊어 스스로 생을 마감하겠다.' 그 결기의 다짐을 실천하기 위해서 팔십에 집을 나서는 것이 적기였다.

길들여진 편한 일상을 접고 집을 떠나 8여 년 동안 죽음연습을 하며 몸의 말을 듣고 그 말에 대한 묵상을 하다보면 몸의 근기가 헤아려져 이때다 하고 곡기를 끊게 되리라. 그리고 4주쯤 뒤 몸을 버린 나의 혼은 천상으로 날아오를 것이다. 그 믿음으로 나는 선선히 집을 나섰다.

미리 마련한 농가 주택으로 내려가 계곡 자락의 300평 땅에 나만의 도량道場을 구상하는 명상에 잠겨 나날을 보냈다. 편하면서도 아득한 생각이 조금은 권태로울 때 발이 말을 걸어왔다. 나를 씻는 집을 지어요. 나는 시큰둥하게 뇌었다. 나라니, 발이냐 발 주인이냐? 잘 알면서 뭘 물어요. 알긴 뭘 알아. 네가 생각하는 답을 말해라. 너무 어렵게 생각하십니다. 몸 주인을 누가 모십니까. 그리 생각하니 발 네가 주인인 집을 지으라는 말이구나. 우문현답이십니다. 그래, 어려울 때는 뒤집어 생각하는 것도 지혜다. 발이 나다. 그러니 발 씻는 집을 지으라는 거지. 누구나 와서 발을 씻는 집을.

나는 그 집을 피라미드형 뿔 자른 건물로 구상했다. 자연한 명상의 향기가 천상으로 통하는 집. 사면 내벽은 숨 쉬는 황토벽돌, 그 네 외벽은 모두 계단, 그 계단을 오르면 피라미드형 뿔 자른 투명지붕의 수석壽石 정원, 수석들은 좌대 없이 자연형상 대로 천 년 시공을 넘나드는 숨결을 느끼도록 놓고, 그곳 벤치에 앉으면 누구나 저절로 명상에 들게 되는 안팎이 하나인 도량.

이곳에 와서 7년을 살고 그새 미수를 맞다니 참말로 생은 하늘의 일이다. 나는 '몸조차 가눌 힘이 없구나' 하면서도 도량으로 구상한 건물을 짓느라 일손을 놓지 않았다. 3년 동안 쌓고 허물고 쌓았다. 108평 대지에 높이와 폭이 한 척에 준한 자연석 담을 치고 그 중앙에 28평 '발 씻는 집'을 지었다.

완공된 나만의 도량이 믿기지 않았다. 죽으러 와서

이런 일을 해내다니. 아침저녁으로 돌담 밖을 한 바퀴 돌고 담을 넘었다. 그때마다 나는 말했다.

"백팔 번뇌를 벗고서야 문 없는 담을 넘어 설 수가 있다."

자연석을 주워다 담을 치며 몇 번인가 동서남북 네 곳을 터놓을까 망설이다 이어 쌓았다. 문 없는 담의 집, 누구나 들어와 발 씻는 집. 그러기로 누구나 담 밖에서 백팔 번뇌를 벗어 던지고 담을 넘어 들어와 발을 씻고 도량에 들면 마음의 하늘이 열린다 여겨진다.

수곽의 물을 떠 발 씻고 들어서면 24평 방의 천장이 시원하다. 아무 꾸임이 없는 세모꼴 사면 벽의 한 칸 방이다. 동쪽에 모신 마애불 입상의 미소가 미소 아닌 듯, 한 말씀을 머금어 보인다. 발 씻었으면 그만 편히 자거라. 예, 본존의 말씀이십니다. 몸 투명하게 씻었는데 무얼 더 하리까. 나는 명상에 들며 혼잣말을 이었다. 명상아, 이대로 죽음의 잠에 이르기를 바란다. 이는 '사람본전'의 말이다. 내 속에 사람본전本錢과 부처 본존本尊이 있다. 마땅히 나는 부처의 말과 사람 말의 차이점이 무엇인지 거머잡을 줄 알아야 한다. 그렇게 나의 명상은 마음을 다잡았다.

이제 일상의 편한 생각만으로 자유로이 몸과 마음을 융합할 수 있게 되었다. 그렇다고는 하지만 몸 따로 마음 따로, 시공의 축약된 이야기의 무게가 수시로 종잡을 수 없어 명상의 무게가 무겁다가 가볍고 가볍다가 무거웠다. 멀고 가까운 시간, 검고 흰 시간, 마음을 비우고 귀를 열면 저쪽 시간의 이야기가 들려왔다.

　어머니의 뱃속을 빠져나온 나는 첫 울음을 터뜨렸다. 그 울음이 어린 오장육부에 생기를 불어넣었다. 비로소 어머니의 이마에 땀이 멎고 눈에서 눈물이 주르륵 흘러내렸다. 기쁨을 사려 문 울음이 샘솟았다. 모자가 한 몸이었다가 두 몸으로 나뉜 아픔과 기쁨이 버물린 울음. 저 깊은 무의식의 실상은 한 몸이던 아들과 어머니가 둘이 되어 다시 하나로 돌아갈 수 없음을 울음으로 알렸다.

　시간은 생명을 키우며 시간 속을 달려갔다. 젖을 빨다 밥을 먹고 자란 힘으로 고기와 떡을 먹으며 유년을 사는 동안 나는 많이도 웃고 울었다. 웃음의 입술과 울음의 눈시울은 얼굴을 조율하며 그 파장으로 가슴을 키웠다. 가슴판에 돋을새김한 감성의 눈, 두 젖꼭지에 불이 들어오듯 검붉어지고 그 붉음의 힘은 서서히 마음눈을 틔웠다. 사물이 꾸는 꿈이 보이고 그 나름의 해석이 나는 가능해졌다.

　초등학교 6학년 여름이었다. 나는 집에 가려고 폭우

로 범람한 시내를 건너다가 그만 급류에 휩쓸리고 말았다. 깨어났을 때 나는 어느 집 안방에 누워 있었다. 이제 정신이 드니? 모미母美의 얼굴을 알아보고 나는 소스라쳤다. 내가 냇물에 떠내려가는 너를 발견했어. 천만다행이야. 모미의 눈웃음에 나는 불에 덴 듯 몸을 더듬었다. 어른 바지저고리가 입혀져 있었다. 우리 아빠 옷이야. 나는 일어나려다 풀썩 다시 뉘어졌다. 모미의 손이 나의 가슴을 가볍게 밀었다. 네 뱃속에서 물이 두 바가지나 나왔어. 다행히 기도로 물이 들어가지 않아서 살아났대. 나의 두 눈에서 눈물이 흘러내렸다. 나는 왜 눈물이 나는지 알 수 없었다. 이제 괜찮을 거야. 내가 억지로 양귀비 달인 물을 먹였거든. 왠지 마음이 시려 나는 눈을 감았다. 감은 눈 속에 모미의 얼굴이 더욱 또렷이 보였다. 두 학년이나 낮은 4학년 모미는 나보다 다섯 살이 위였다. 술꾼인 아비가 죽고서야 무당 어미는 모미를 학교에 보낸 것이었다. 나는 한참 누나뻘인 모미에게 한 번도 말을 건넨 적이 없었다. 그런데도 오래 서로 말을 주고 받은 것처럼 마음이 편했다. 하얀 피부에 유난히 검고 깊은 큰 눈, 그 눈의 말이 내 가슴에 와서 이상한 향기의 꽃을 피웠다. 나는 그 꽃을 꺼내어 모미와 함께 보며 무슨 꽃이냐고 묻고 싶었지만 가슴이 열리지 않았다.

시냇물에 떠내려가며 마신 흙탕물을 두 바가지나 토한 몸의 일을 나는 몰랐다. 그리고 양귀비 달인 물을 언제 마셨는지도 모르는 나는 뱃속과 머릿속이 환해져서 온몸이 둥둥 뜨는 기분이다가 다시 스르르 잠에 빠졌다.

양귀비 물의 효능으로 꾸는 꿈인가. 꿈속에서 나는 흰 코끼리를 타고 홍수 난 냇물을 건너고 있었다. 머릿속이 어지러웠다. 냇물이 강물로 바뀌었다. 코끼리 등에서 떨어지지 않으려고 나는 코끼리 귀를 꼭 잡았다. 괜찮아, 너는 혼자가 아니야. 내가 있잖아. 나의 몸속 어딘가에 들어와 있는 모미의 음성이었다. 이상한 일렁임을 일으키는 모미의 음성이 몸을 따뜻하게 감쌌다. 우리 지금 어디 가는 거니? 나의 가녀린 물음이 코끼리의 귓속으로 빨려 들어갔다. 저 언덕에 데려다 줄게. 그 답이 코끼리의 말인지, 내 속에 있는 모미의 말인지 나는 알 수 없었다. 아무리 둘러보아도 언덕은 보이지 않았다. 강은 어느새 호수와 합류했다. 강이 이렇게 넓은데 무사히 그 언덕에 갈 수 있을까? 걱정 말구 나만 믿어. 꼭 데려다 줄 거니까. 이 또한 모미의 말인지 코끼리의 말인지 구별이 되지 않았다. 누구의 말이면 어때. 어둠과 밝음은 항상 우리와 함께 있어. 빛 속에 어둠이, 어둠 속에 빛이 있는 것처럼 우리도 지금 그렇게 있는 거야. 나는 고개를 끄덕였다. 그렇구나.

가슴이 뜨거워지고, 문득 눈앞에 언덕이 보였다. 그 언덕 위에 모미가 서 있었다. 아, 모미! 탄성을 지르며 무슨 말인가를 외치다가 나는 꿈에서 깨어났다. 무슨 꿈인데 나를 불렀어? 나는 꿈속 언덕의 모미가 눈앞에 나타난 느낌에 사로잡혔다. 꿈에 너와 함께 있었어. 내 말에 모미는 얼굴 가득 환한 미소를 머금었다. 나는 모미의 얼굴에서 뿜어지는 향기를 마시며 온몸이 열기로 가득 찼다. 조금만 더 누워 기다려. 너의 어머님이 너를 데리러 머슴과 함께 우리집으로 오고 계셔.

나는 깊은 한숨을 내쉬고 가슴을 가라앉혔다. 웬일로 기억 속에 묻어버린 70여 년 저쪽 유년의 일을 어제 있었던 것처럼 생생히 되살리는가. 밖에 비가 내리고 있었다. 비 때문이다. 비, 홍수! 나는 그때의 참혹했던 장마 재해를 다시 떠올렸다.

냇물의 물살이 세서 어머니는 못 오고 머슴만 나를 데리러 왔다. 모미와 계속 있고 싶은 나를 머슴이 업었다. 머슴의 등에 업힌 내게 모미가 우장을 씌우고 젖은 내 옷 보퉁이를 건넸다. 잘 가. 몸조리 잘하구. 전혀 생각지도 않은 말이 내 입에서 나왔다. 내가 입은 옷 가지려 우리집에 꼭 와야 해. 그날 너의 아버지 옷을 돌려주고 선물도 줄게. 모미는 상큼한 눈웃음을 지었다. 그래, 장마 끝나면 갈게. 모미는 머슴 등에 업힌 나를 바라보며 한참 손을 흔들었다.

머슴은 성큼성큼 냇물에 발걸음을 놓았다. 그 순간 고막이 터질 것 같은 뇌성벽력이 쳤다. 머슴은 나를 바싹 치켜 업고 돌아서 모미네 집이 있는 쪽을 바라보았다. 나는 몸을 부르르 떨며 눈을 의심했다. 고목 느티나무가 벼락을 맞고 모미네 집을 덮쳐버린 현장이 믿기지 않았다. 모미! 나는 비명을 지르듯 모미를 외쳐 불렀다. 나를 내려줘요! 머슴은 나를 업은 채 모미의 집을 향해 뛰었다.

지붕이 내려앉은 방에서 서까래에 가슴과 머리가 깔려 즉사한 모미를 머슴이 한쪽으로 끌어냈다. 조금 전 내가 드러누워 있던 바로 그 자리에서 모미가 숨을 거둔 것이었다. 나는 모미 곁에 주저앉아 부들부들 떨며 마냥 눈물을 흘렸다. 이제 그만 가야지. 어머님 너무 기다리셔. 나는 좀 더 모미 곁에 있고 싶어 머슴이 내미는 등을 밀쳤다. 마을 사람들이 한 사람 두 사람 모여들고, 이웃 마을에서 굿을 마친 모미 어머니가 넋 나간 얼굴로 들어섰다. 딸을 부둥켜안은 무당의 넋두리는 모미의 혼을 부르는 진혼굿이 되었다.

무당 어미는 죽은 딸을 위한 3일 굿을 하고 장례를

마쳤다. 나를 데리고 그 모든 절차를 지켜본 어머니는 무당을 불러 마주 앉았다. 달리 위로할 말이 없네. 모미의 모든 장례 경비는 내가 맡겠네. 대신 부탁이 있네. 모미 어머니는 떨구고 있던 고개를 들었다. 무슨 말씀이든 그대로 따릅지요. 분부 받잡겠다는 무당에게 어머니는 일렀다. 고맙네. 내 아이의 장래를 위해 모미와 영혼결혼식을 올려주게. 그것이 내 아이의 생명을 구한 모미에 대한 예가 되기를 바라네. 무당은 일어나 어머니에게 절을 올렸다. 그렇게나 큰 배려를 하시니 하늘님의 은덕이나 진배없습니다. 바로 거행하지요.

장례 굿 집이 혼례 굿 집으로 바뀌었다. 시집 못 가고 죽은 모미의 혼과 나의 혼이 무당의 주술로 불려나와 이승과 저승이 내통하는 영혼혼례가 이루어졌다. 그날 밤 나의 혼은 몸을 빠져나와 모미의 혼과 함께 천상을 날아다녔다.

유년의 나를 일찍 철들게 한 것은 그 해 여름 벼락을 동반한 장맛비와 모미의 죽음이었다. 소년 몸에 어른 혼을 담은 나는 이듬해 서울로 유학을 왔다. 자유당 말기 시골내기가 서울에 오면 깡패 되기 십상인 시절이었다. 내가 인왕산 미륵부처의 도량에서 안전한 하숙을 하게 된 것은 모미 어머니의 주선이었다. 영혼의 장모와 홀어머니의 순전한 샤먼적인 의기투합이 나의 유년 정서를 불가에 붙들어 맨 것이었다. 나는 두 어머니의 바람대로 인왕산의 정기를 받아 사미승적에 올랐다. 계사 자운慈雲 스님의 사미계칙을 능지로 받아 화답한 청정 사미 시절!

나는 생각을 멈추었다. 그 이상의 회억은 명상하는 근기를 위해 무의식 속에 불을 밝히리라 마음먹고, 마애불 미소를 올려다보았다. 태고적 미소의 답이 읽혀졌다. 생도 죽음도 다 미소였다. 만남은 헤아릴 수 없는 만남을 낳았다. 만남, 하고 나는 눈을 내리떴다. 이번에는 가부좌 튼 발이 말을 걸었다. 발 씻는 이 집에 언제 예수도 오고 부처도 올까요? 내 몸에 강한 전류가 흘렀다.

예수가 이곳에 오면 제자들의 발을 씻은 손으로 내 발도 씻어줄까. 부처가 오면 우는 제자들을 향해 관 밖으로 내보였던 그 발 확인하게 할까. 아, 이것은 발의 망상이냐, 마음의 망상이냐. 아무튼 발 씻는 집의 화두는 분명해졌다. '발이 마음이다'가 화두話頭다! 그래서 내가 가부좌한 발을 내려다보면 마음을 내려다보는 것이 되었다.

나는 발을 만진다. 더 이상 어디를 가려하지 않는 발이다. 나를 80여 년 데리고 다니다 이곳에 이르러 쉬는 발. 나는 발을 쓰다듬었다. 발아, 비로소 시작의 끝에 왔다. 그 끝 속으로 나를 데리고 들어가 다오.

화두를 붙든 명상이 아주 깊어지면 '발은 마음이다' 정의된다. 이 말은 생각이 생각을 생각하여 얻은 참말이다. 그렇기로 발이 어떻게 마음으로 보인다는 말을 할 수 있을까? 이런 정도의 설명은 가능하다. 명상이 알 수 없는 깊이에 이르면 거기서 마음은 발을 보고 발은 마음을 본다. 그렇다. 발 가는 곳에 마음 가고, 마음 가는 곳에 발이 있다. 화두는 행으로 깨닫는 길을 연다. 마음은 둥근 것이다. 그래서 바른 원(○)을 마음에 그릴 줄 알면 마음을 바로 보는 경지에 이르렀다고 한다. 그럼 '발이 마음이다'를 어떻게 알아듣기 쉽게 말할 수 있을까. '마음이 둥글다'고 말하는 것처럼 발에 대한 이야기를 둥글게 하면 된다. 단순히 둥근 것을 보는 명상의 눈길처럼.

명상의 눈은 아주 밝아져서 보지 않고도 나는 볼 줄 안다. 마음 가운데 떠 있는 발은 어디를 가는지 자꾸 자취를 감춘다. 이때 발은 마음의 원을 찾아 돌며 둥글어진다. 둥근 마음을 밟고 돌고 돌다가 보면 발뿐만 아니라 그것이 무엇이든 마음의 원형상을 닮는다. 그런데 발의 형상은 아무리 들여다봐도 둥글지 않다. 다섯 발가락이 무엇을 가리키는지 알 수 없는 물음을 낳을 뿐이다. 화두가 번쩍 빛을 발한다. 그 이상한 다섯 뿔을 가진 발과 무형상의 마음이 조화를 이루며 추는 춤의 리듬을 화두는 정의한다. 생과 사를 잇는 원이라고. 이때의 명상은 더없이 고요하고 맑아진다. 나아가 명상의 말은 비로소 진리스러운 빛을 발한다.

실로 그렇다. 발은 생을 짊어지고 선한 곳, 악한 곳을 걷고 걷다가 죽음에게 가서 그 생을 부려 놓기까지 원형의 길을 완주한다. 그리고 마음에게 감사하는 발은 마침내 마음마저도 벗어나 순전한 동그라미가 된다. 이것이 '발이 마음이다'의 어눌한 지론이다.

'발이 마음이다'

이 화두는 이미 석가가 열반의 몸을 나투어 답을 주었다. 스승의 부재에 울다가 지친 제자들이 안타까워 석가는 관 밖으로 두 발바닥을 내 보였다는 경전의 말씀이 그것이다. 잠시 일어나 제자들을 위로할 수도 있는 석가는 왜 발바닥을 보이는 것으로 화두의 답에 상징의 옷을 입혔을까. 답을 유추해 볼 수 있다. 발이 마음이고 마음이 발인 까닭을 새긴 발바닥 금을 읽으라. 생으로 오고 죽음으로 가는 발에 대한 화두의 답은 저마다 근기에 따라 다르지만 하나의 답에 이른다. 오로지 하나의 답 '마음이 발이다' 그 깨우침을 주기 위함이었다.

'발이 마음이다. 이제 보았느냐. 원만한 마음의 길을 완주하는 발이 너희 마음속 부처다!'

석가의 일대제자 가섭이 이대제자 아난의 가슴을 만지며 여기에 발이 들어 있다는 스승의 가르침을 이제 알겠는가? 물었다. 아난이 손가락으로 원을 만들어 보였다. 가섭은 그 원을 보며 웃지 않았다. 우리나 통하는 손가락 화두 이제 중생들에겐 통하지 않는다네. 지금의 세상에서는 그것이 오로지 돈을 아느냐는 물음으로 알잖은가. 사물의 의미가 정신 아닌 물질의 세상이 된 거지. 아난이 멋쩍은 표정을 지었다. 사형께 꽃을 들어 보이지 않고 돈을 그려 보인 손가락이 부끄럽습니다. 무슨, 다 안다네. 아난이 꽃 살 돈 없다는 걸. 한다하는 절집 주지들이 모여 살비듬 털며 화투놀음은 할망정 아난의 빈손에 꽃 한 송이 쥐어 줄 눈 푸른 납자가 없으니 말세지. 사람본전이 부처본존을 몰라하는 무명無明은 누구도 못 깨우친다 하였습니다. 그러니 굳이 발이 마음이다, 마음이 발이다 밝힐 일이 아닐세. 가섭은 그 말로 아난의 해맑은 얼굴에 찍힌 발자국을 지워버렸다.

발은 어머니 뱃속에서부터 죽음의 종장에 이르기까지 마음을 짊어지고 마음의 길을 간다. 그 길이 어떤 길이든 발은 오로지 갈 뿐이다. 그렇게 발은 항상 원형상의 길을 가는데 화두를 붙든 이가 원 안이다, 원 밖이다 마음을 찾아 들고나며 생각의 생각을 낳는다. 명상은 그러다 문득 깨달음의 말을 듣는다.

'발아, 이제 그만 마음의 동그라미가 되어라. 푸른 눈의 납자가 푸른 동그라미 마음이 되듯이!'

예수도 석가의 깨우침과 진배없이 제자들의 발을 씻어주는 것으로 '발이 마음임'을 알게 했다. 예수는 만찬 자리에 들기 전 낮은 몸으로 열두 제자들의 발을 씻으며 일렀다.

"이 발은 마음이다. 가장 낮은 곳에 마음 두기를 잊지 말고, 항상 깨끗이 씻기를 게을리 마라. 지금 네 마음의 발은 나에게 와서 내 마음을 안고 너에게 돌아갔다. 이렇듯 언제나 우리는 함께 마음으로 하나의 원을 만들고 있음을 기억하라. 그것이 이웃 사랑의 근본인 마음의 동그라미다."

예수는 도마의 발을 씻으며 자꾸 발바닥에 동그라미를 그리고 그렸다.

"주님, 발바닥이 간지럽습니다. 그런데 마음이 왜 시원합니까."

"발이 마음인 까닭인데, 지금 너의 발은 마음의 동그라미가 아니고 돈의 동그라미다. 하긴 돈도 동그라미니 마음이 착각하여 공경의 절까지 올리기도 한다. 한데 그 동그라미는 돌고 돌다 보면 미쳐 도는 까닭을 모르는 동그라미여서 문제다."

그때 도마가 놀라 외쳤다.

"주여, 제 발 씻은 물이 핏물입니다!"

"그렇구나. 이 핏물은 돈 씻은 물이다. 너의 발이 돈인 까닭을 너는 지금 보고 있다. 세상에는 이렇듯 돈만 찾아다니는 발, 돈만 아는 발이 있다."

도마의 얼굴에 웃음꽃이 피었다.

"감사합니다, 주님! 이제 제 발은 거듭 낳은 깨끗한 발이 되었습니다."

"누구나 거듭날 수가 있다. 달처럼 밝고 둥근 마음의 원을 발로 걷고 걸으면 스스로 구원의 동그라미가 된다. 그렇듯 너도 거듭나거라."

"주님, 그것은 발의 동그라미가 아니라 말의 동그라미지요."

"머리가 좋아도 문제다. 의심하고 의심하는 산술이 죽임을 낳기도 하고 생을 낳기도 함을 언젠가는 너도 알리라."

예수는 사도들을 둘러보며 또 일렀다.

"마음이 측은지심의 피를 흐리면 흰 마음이 되고, 마음이 굳어 자비의 피 흘림을 멈추면 검은 마음이 됨을 너희가 모른다. 흰 마음과 검은 마음의 다툼이 너희를 방황하고 부정하게 만든다. 검은 마음을 제하고 항상 흰 마음으로 이웃과 나를 살펴라. 이웃을 위해 나를 위해 마음이 생명의 피를 흘리고 흘리는 것이 사랑이다."

명상은 명상을 낳아 명백한 진리 쪽으로 나아갔다.

사람본전이라 함은 사람의 본디 값을 말하는데 그 뜻은 넓고 깊다. 본전 전자가 돈 전자錢, 전기 전자傳만으로도 그 의미는 신과 사람을 잇는다. 나아가 사람 본존이라 하여 사람 속 부처를 일깨운다. 새긴 뜻대로 본전이다, 본존이다 함은 사람을 공대하는 말로, 곧 사람이 부처라는 뜻이다.

나는 '사람이 부처다'를 '밥이 마음이다'로 바꿔 화두의 답을 문학에서도 찾고자 했다. 그 답을 듣자면 무슨 방편으로든 저승에 가서 동리東里 선생을 만나야 하는데, 나는 그 방편을 명상으로 풀려다 잠의 명상에 빠졌다.

잠에는 시작과 끝의 맛이 있다. 생사의 맛이다. 태어남의 기쁜 맛과 죽음의 슬픈 맛이 그것이다. 모든 맛의 시작과 끝인 이 두 가지 맛은 한 맛이다. 한 뿌리의 맛이기에 불통이 없는 잠 속의 길은 이승의 맛과 저승의 맛이 한통속으로 내통한다. 동리 선생이 그 잠의 길을 통하여 내게 와서 문학이라는 꽃을 들어 보였다. 나는 미소로 답하지 않고 꽃의 말을 읽었다.

'환생은 잠 속에 있어요. 시공을 오고 가는 마음의 발이 우리에게 있어, 그 화두를 붙들면 건널 수 있는 것이 저승과 이승이라오.'

잠 안의 나와 잠 밖의 내가 동시에 선생에게 넙죽 절하고 아뢰었다.

"선생님, 잠이 기쁜 맛도 나고 슬픈 맛도 납니다."

"그것이 본디 생과 죽음의 맛이지요."

'아, 본디 생사의 맛!'

나는 말이 끊어진 자리에 서서 선생의 「등신불」 소설을 떠올렸다. 동리 선생은 당신이 쓴 소설로 '사람본전'과 '부처본존'의 융합을 보였다. 타고 남은 몸으로서의 사람본전 이야기 「등신불」이 선禪 소설로 읽히는 까닭은 참으로 미궁인 인간의 부조리한 면을 그려보여주었기 때문이다.

'등신불은 타고 남은 마음의 불덩이 형상이다. 그 뜨거운 불덩이 형상은 뜨겁지 않는 불덩이 형상의 말을 할 수 있어야 한다. 불이 재가 되듯이, 붉은 빛이 잿빛이 되듯이….'

"어느 문학평론가의 「등신불」에 대한 평설을 읽은 적이 있습니다."

선생의 표정에 눈웃음이 스쳤다.

"거기에 덧붙여 하고 싶은 말을 해 보아요."

'동리문학은 뜨거운 불의 뜻에 가까이 가고자 발로 언어를 밟아 등신불을 찾아 그려 보였다. 사람본전과 부처본존은 그렇게 불의 맛으로 하나가 되었다. 하여 발이 마음의 길을 완주한 일원상 이야기와 등신불 이야기는 같은 것이다. 한데 그 등신불은 전혀 일원상이 아닌 참혹하게 일그러지고 뒤틀린 인간본전이다. 이 본전을 제대로만 읽어내면 등신불이 발을 들어 타다 남은 발가락으로 그린 원을 볼 수 있다.'

나는 말이 아니라 심중에 새긴 등신불에 대한 문장을 외웠다. 선생은 웃어 볼까 말까 하다 입술 사이 이만 드러내는 미소를 보였다.

"일원상, 낳고 죽는 원은 영원히 둥글지요. 말도 둥글고 발도 둥글어서 온전히 둥근 마음이지요. 여기에는 아무 설명이 필요 없어요. 그만 그 동그라미 마음의 불덩이에게 절이나 합시다. 불에게 절하면 불이 된다 합니다. 이 말을 바꾸어 할 수도 있지요. 불이 불을 태우듯 불로 사람본전을 태우면 부처본존이 됩니다."

날이 갈수록 나의 명상은 밝고 맑아졌다. 명상의 꿈속에 동리 선생이 다녀가고 나는 나를 '사람본전'이라 불렀다.

춘다春多는 농가에서 채전을 가꾸며 '발 씻는 도랑'을 지키고 사람본전의 시중을 들었다. 본래 농가와 그에 딸린 땅은 춘다가 주인이었다. 그가 아픈 과거사를 마지막으로 정리하기 위해 사람본전에게 그 모든 소유를 넘겼다. 그리고 부탁을 했다. 갈 곳이 없으니 농지기로 써 달라는 것이었다. 사람본전은 그러기로 하고 대신 서로 필요한 서면 약속을 했다. 특히 지난날 삶에 대해서는 서로 묻지 않음을 원칙으로 하고, 나이에 대해서도 사람본전이 아버지뻘이지만 개의치 말고 지기처럼 지내자고 했다.

　보여지는 사실과 느낌으로 서로를 짐작하기를 사람본전은 문필가로서 명상가, 춘다는 한때 환쟁이였지 싶었다. 각자의 일상은 별 말이 필요 없이 서로 잘 어우러졌다. 끼니를 때우면 사람본전은 '발 씻는 집'에서 명상에 들고, 춘다는 가사도우미 역할에 충직했다. 대화는 현상에 대해 간섭 아닌 말만 조금 나눌 뿐이었다.

　그런 세월도 마지막이 찾아왔다. 사람본전은 춘다를 불러 마주앉았다. 춘다야, 이제부터 네가 사람본전의 주인이다. 사람본전은 너에게 절하고 너는 사람본전에게 절해온 지금까지 관계의 아름다움에 감사한다. 앞으로 더욱 잘 지켜봐 다오. 크게 어려울 것은 따로 없다. 곡기를 끊는 날로부터 우리가 서로 약속한 대로 지켜 바라보다가 적어놓은 절차에 따라 다비식을 거행하면 된다. 춘다는 사람본전에게 절을 올렸다. 약속을 지키겠다는 다짐의 절이었다.

사람본전이 곡기를 줄이고 줄이다 마저 끊고 물만 마신 지 세 주가 지났다. 뼈에 가죽만 입힌 몸이 아마도 30킬로그램 대에 들어가지 싶었다. 사람본전의 의식은 밝음과 어둠을 오가며 헛것을 보기도 했다. 이제 물 마시는 것까지 끊어야 한다. 그러자면 사람본전식 의식을 치르는 일이 남았다. 춘다야, 양귀비 한 나무 달인 한 대접 물을 마련해다오. 그 물 마시면 그것으로 물도 끝이다. 춘다는 어느 날엔가 이런 절차가 오리라 예측을 했으면서도 실행을 하게 되니 그 종장의식에 마음이 눌렸다. 아직은 곡기로 돌아가 더 생을 연장해도 되는데, 하지만 약속을 물릴 사람본전이 아니었다. 예, 준비하겠습니다.

사람본전은 매해 일곱 뿌리의 양귀비를 가졌다. 한여름 양귀비가 하얀 꽃을 피우면 지난해 뿌리째 뽑아 말린 양귀비 한 나무를 정성껏 달여서 탕약처럼 한 대접 마셨다. 몸의 중심을 잡아주는 물이여. 사람본전의 그 한마디는 그해 여름 양귀비꽃 축제의 말이 되었다. 어느 핸가 춘다는 양귀비를 달이면서 여쭌 적이 있었다. 양귀비 풀 한 포기라 하지 않고 왜 양귀비 나무라

하십니까? 별 뜻이 아니라면 아니고 별 뜻이라면 뜻인데, 없는 것에 귀의한다는 '나무'야. 본래는 남무南無인데 왜 있잖아, 나무 석가모니 하는 것. 말을 하다 보니 '나무 양귀비'라 해야겠네.

양귀비를 달이며 춘다는 '나무 양귀비꽃'을 곱씹어 생각했다. 양귀비꽃처럼 예쁜 여자에게 빠진다. 모든 남자의 속성이다. 그 속성의 힘이 남자 중 남자를 만든다. 세상의 모든 양귀비꽃 같은 여자들은 그래서 남자를 안아 힘을 쓰게 한다. 양귀비꽃의 마성은 그 힘을 입증하고도 남는다. 문득 춘다는 자기를 여기 떨구고 간 양귀비꽃 같은 아내를 떠올리려다 머리를 털며 염불하듯 뇌였다. '나무 양귀비꽃!' 그렇다. 모든 양귀비꽃은 마성이 있어 양귀비꽃이다. 그럴진대 사람본전이 그 마성을 마시고 자유함을 얻는 까닭이 있다. 평소 지켜본 그의 지성은 이런 정도의 설명이 가능하다. 양귀비꽃 마성 속의 남성성과 여성성을 동시에 마심으로 명상의 자유를 통한 죽음의 자유를 얻는 것이다.

사람본전은 양귀비 달인 물을 마신 뒤 춘다에게 물 주는 것까지 멈추게 했다. 추하고 아름다운 헛것들이 사람본전의 의식 속으로 날아들었다. 참으로 이겨내기 힘든 허기의 상충이었다. 88년의 몸이 초라한 단면의 검은 빛으로 앉아 허공의 헛것에 시달렸다. 단것 쓴것

맛의 헛것, 뇌살적인 욕망의 헛것, 소위 천당의 헛것과 지옥의 헛것놀음에 사람본전의 의식은 휘둘렸다. 그 반향으로 뼈에 가죽만 씌운 사람본전의 몸은 춤의 리듬을 일렁여 보였다. 얼굴이 주름울음을 울고 가슴이 빈 소리를 냈다. 마지막 몸에 남은 미친 힘의 작용이었다. 그런데도 얼굴과 몸은 시간이 흐를수록 접신의 푸른빛을 발했다. 이 신묘한 뼈와 가죽의 축제가 사람본전의 마지막인가. 그 시간이 반나절쯤 지난 어느 순간 사람본전은 깊은 숨을 길게 내쉬고 비몽사몽의 의식마저 놓아버렸다. 비로소 사람본전의 종장이 온 것이었다. 몸은 혼마저 떠나고 사람본전은 잠잠해졌다.

춘다가 다가가 혼 나간 사람본전의 손목 맥을 짚다가 가슴에 귀를 댔다. 춘다의 눈빛이 흐려지고 입에서 종언이 나왔다. "이대로 사람본전이십니다. 편안히 가소서." 앉아서 죽은 사람본전을 확인한 춘다는 스마트폰을 꺼내 들고 뇌 기증 담당 금 과장 통화 버튼을 눌렀다. 아, 춘다 선생님! 예, 과장님. 춘다는 큰 숨을 내쉬고 말을 이었다. 사람본전께서 운명하셨습니다. 네에, 평소 말씀대로 그렇게 가신 거죠. 그렇습니다. 제가 직접 가서 사망확인하고 유언장 명시대로 뇌 기증을 받겠습니다.

사람본전의 시신은 앉은 그대로 고정한 채 금 과장

의 집도로 뇌가 축출되었다. 말라버린 뇌, 타버린 뇌 무엇에 쓰려고. 사람본전의 뇌는 그렇게 말하는 것 같았다. 그 뇌를 금 과장은 오히려 희귀한 뇌이기에 연구할 가치가 높다고 했다. 삼 주 단식하고 한 주 물까지 단식한 뇌를 어디서 구하겠는가. 뇌의 새로운 연구 결과가 나올 것이라 했다.

춘다는 생전의 사람본전과 서약한 약속을 지켜 나갔다. 금 과장이 다녀가고 춘다는 뇌를 축출한 사람본전의 시신을 머리부터 발끝까지 긴 붕대로 감으면서 겹겹이 들기름을 먹였다. 마침내 서른 세 겹의 붕대를 감은 사람본전의 몸은 '발 씻는 집' 중앙 좌대에 앉혀지고 불이 붙었다. 들기름 먹인 붕대가 타올랐다. 사람본전의 반가부좌 시신은 불덩이가 되었다. 춘다는 기름 불길이 사윈다 싶으면 긴 자루 달린 그릇으로 들기름을 떠 시신을 적셨다. 불길은 사람본전 반가부좌상을 구워 만들었다. 춘다는 문득 놀라운 음색으로 뇌였다. 아, 반가부좌상 테라코타! 사람본전은 당신 시신을 반가부좌상 테라코타 작품으로 만들 작정이었어. 그리고 그 작품 제목까지 지어 놓았다. 「명상의 열반」.

춘다는 타고 남은 사람본전에게 반죽 황토를 한 겹 입히고 한지 붕대를 일곱 번 감아 들기름 불로 현대판 예술 다비식을 올렸다. 밀의의 삼일장 시간이 지나서

사람본전 반가부좌상 테라코타 「명상의 열반」으로 완
성되었다.

'발 씻는 집'에 안치된 사람본전 반가부좌상 테라코
타 「명상의 열반」을 보기 위한 관광객은 날로 늘었다.
춘다는 「명상의 열반」을 금도금했다. 그리고 마애불과
마주 바라보도록 중앙좌대를 벽 쪽으로 옮겼다. '발 씻
는 집' 「명상의 열반」이 TV특집에 나가고 신문지상에
대서특필되었다. 백세시대 사회에 명상의 열반사상은
시사하는 바가 컸다. 죽음을 건너가는 죽음을 꿈꾸는
명상인들이 '발 씻는 집' 도량에 모여들었다. 춘다는
'발 씻는 집' 도량을 본뜬 대형 명상센터를 구상했다.

사람본전 반가부좌상 「명상의 열반」 앞에 절하고 춘
다는 명상센터를 구체화하는 명상에 들었다. 우선 사
람본전의 정신사를 춘다 자신이 이어갈 수 있느냐를
묻고 물었다. 사람본전은 초조 명상인이다. 춘다여, 그
의 뒤를 이어 2대 명상인이 될 수 있겠느냐? 명상은
생명을 낳고 생명은 죽음을 낳고 명상은 명상을 낳았
다. 그리고 명상이 춘다에게 답을 말하게 했다.

"춘다 나이 55세입니다. 앞으로 33년의 봄을 맞아
발을 씻고 씻으면 춘다의 발은 제2대 명상인의 마음이
됩니다." ✳

영원한 여성성의 웃음 나는 그 웃음을 통해 어머니의 하늘을 향해 날아올랐다

어머니의 몸

　어머니의 눈은 검은 동공에서 항상 푸른빛이 솟았다. 검은빛과 푸른빛이 싸우는 눈, 그 눈이 지켜보았던 비정한 세상은 슬픈 싸움판이었다. 청상青孀의 어머니는 그 세상의 슬픔을 아들의 아픔으로 알고 살아왔다. 무상한 세월이었다. 그런 중 어느 날 어머니는 훌쩍 하늘나라로 떠나버렸다.

　3개월 전 철야기도 시간에 하늘과 내통한 것이었다. 너무도 믿기지 않은 어머니의 죽음을 나는 무슨 수로 설명할 수 있을까. 죽음은 예술이다. 슬픈 죽음, 기쁜 죽음, 사고 죽음, 병고 죽음, 애도는 다를지라도 모든 죽음은 생을 완성시키는 종장이다. 그 생각을 아무리 꿰맞춰도 어머니의 죽음은 합당한 해명이 나오지 않았다. 건강하셨는데, 친지들은 일백 세도 넘어 장수하리라고 어머니의 건강을 믿어 칭송했었다. 그런데 칠십

칠 세에 몰歿이라니, 물론 희수喜壽도 짧은 생은 아니
었다.

아무튼 죽음의 정황이 어머니의 신앙에 관련이 있기
에 나는 신神의 답을 넘봐야 했다. 그래서 생리학적으
로, 믿음생활의 방정식으로, 나는 하나님에게 간구한
어머니의 기도에 대한 대화를 유추해 보았다. 하나님,
이제 이만 살았으니 부름받아도 여한이 없습니다. 하
오나 아들이 임종을 지켜보지 않는 부름을 받고 싶습
니다. 어머니는 간절히 기도하다가 그 기도가 하나님
께 상달되어 그렇게 가셨다.

기도원 예배당에서 철야기도 하다가 앉은 채 소천한
퇴임 권사, 어머니의 운명은 기도원 성도들 말대로 축
복받은 소천인가. 그렇다, 아니다. 나는 어느 쪽으로든
단정할 수 없다. 나의 신앙은 두 뿌리의 사유를 기반으
로 답이 나오기 때문이다. 불교와 예수교, 유년의 신앙
과 결혼 이후의 신앙이 엉킨 믿음에 대한 답은 두 종교
어느 쪽에도 맞지 않았다. 그럼에도 나는 어머니의 믿
음에서 나오는 믿음의 말씀은 그대로 믿고 따랐다. 어
머니의 하나님 사랑은 언제나 아들 사랑과 함께 하기
때문이었다. 그런데 문제는 그럴수록 나는 어머니의
운명을 더욱 곱씹고 있었고, 그것은 내 인생을 곱씹는
것이 되었다.

산 사람이 죽은 사람을 곱씹는다는 것, 그것이 정신질환의 일종이라고 진단 내려질 줄은 몰랐다. 나는 그새 주 일 회씩 여덟 번 정신과 전문의를 만나 상담하고 진찰을 받았다. 그러니까 어머니가 돌아가시고 한 달 뒤부터 병원에 다닌 셈인 것이다. 친구에게서 소개받은 의사는 나보다 한참 젊은데도 인생에 있어서는 나의 선배이고 스승이었다.

"생각을 곱씹지 않는 생이 있을까요?"

의사가 묻고 나는 대답했다.

"없습니다."

"그러시면 지금 집착하는 생각에서 벗어나십시오."

의사의 말을 쉽게 풀면 지나친 집착으로 씹히는 내 생각이 의식 무의식 속에서 짓물러 터지고 있다는 것이었다. 입안에 흥건하지만 무슨 맛인지 모를 생각, 그것이 설명할 길이 없는 인생의 맛인지도 모르겠다. 가끔은 씹히는 내 인생이 달고 생생할 때도 있었다. 그렇지만 그것은 그야말로 잠시 동안이었다. 솔직히 고백하자면 어머니의 영정이 내 방 벽에 걸리고부터는 우울한 날들이 지속되었다. 그렇게 우울한 중에 짓씹히는 내 인생은 비위를 뒤틀리게 하는 슬픈 짐승의 맛을 냈다. 그러니 어머니는 한 마리 슬픈 짐승을 키운 것이나 진배없었다.

"여보, 당신 수면제 너무 많이 복용하세요."

"수면제가 아니라 정신안정제라 했소."

"이해할 수 없어요. 한 번 마음먹으면 요지부동이던 당신 정신이 무너졌다는 것. 잠을 자고 안 자고는 마음먹기에 달렸다던 당신이 어쩌자고 약의 힘을 빌어 휴식을 취해야 하죠?"

아내의 걱정하는 마음에 서서히 짜증이 스며들었다. 정작 짜증을 내야 할 사람은 내가 아닐까. 일상을 정상으로 이어갈 수 없다는 것, 아내의 말처럼 정신이 무너지고 육신이 혼곤한 상태를 점검하는 기(정신)마저 점점 약해지고 있었다. 어머니가 기도하던 중에 떠나버리듯 나도 내게서 떠날 준비를 하고 있는가. 나는 내 물음에 답을 주지 못하면서도 아내의 말에는 어떤 식으로든 대꾸했다.

"그래요. 전혀 내 마음이 내 마음 같지가 않아 답답하고 괴로워. 특히나 불면증을 다스릴 수가 없어 미칠 지경이야."

아내는 무슨 생각에 매달리다가 힐끗 나를 바라보았다.

"당신, 닥터 박을 믿죠?"

"환자가 의살 믿어야지."

"그런데 뭘 주저하세요. 어머니에 대한 속내 이야기

를 몽땅 그대로 털어놓으세요. 그래야 해결책을 찾을 수 있다잖아요."

"내 속에 어머니가 들어앉았다는 말을 하라구."

아내는 크게 고개를 끄덕였다.

"하나님도 어쩌지 못하시는 모자의 정을 거두지 못해 아들의 꿈을 헤매시는 어머니를 말씀드리면 되잖아요."

나는 신경이 곤두섰다.

"당신이 내 속에 들어와 어머니에 대한 꿈을 느껴 보듯 말하느만."

"매번 가위에 눌리는 꿈이 어머님에 대한 악몽이라면서요?"

사실이 그랬다.

'그래요. 하지만 아무에게도 그 꿈을 공개할 수는 없다오.'

이 말을 나는 차마 아내에게 할 수가 없어 꿀꺽 삼켜 버렸다. 소화되지 않는 꿈은 번민을 낳고 나는 정신에 동공이 생겨났다.

"아들아, 너는 어미를 안다. 내가 너를 알듯이."

"어머니, 자신이 자신을 가장 잘 안다는 말은 터무니 없는 거짓말입니다. 저는 어머님을 잘 모릅니다. 용서하세요."

"너를 불면으로 치닫게 하는 어미에 대한 꿈 얘기를 의사에게 하거라. 어미에게 누가 되리란 걱정은 놓아버려. 누가 뭐래도 모성은 영원하다. 아무럼 그 영원한 어미는 해부학실험실에 누워있다. 네가 누인 것이 아니라 어미 스스로 누웠단 말이다."

"어머니, 차라리 이놈의 불효를 질책하세요!"

어머니는 잠이 들려는 나를 휘저어버렸다. 내 의식과 무의식 저쪽을 수시로 넘나드는 어머니. 밤이 깊었는데 왜 자지 않느냐, 해가 중천인데도 아직 자느냐? 가만 내버려두면 좋으련만 어머니는 아들이 항상 깨어 있기를 바랐다. 아니다. 어머니를 빙자해 나는 스스로 깨어 있기를 바라는 것이었다. 나의 유년은 경전의 말씀을 떠올렸다.

'참 사람은 항상 깨어 있다.'

나는 그 말씀 속으로 걸어 들어갔다. 마침내 환청과 환시가 나타나면서 나는 혼돈 속으로 휘말려 들었다.

'한 마리 슬픈 짐승을 키우기 위해 어머니는 당신을 순전히 희생하셨습니다.'

세브란스 병원 건물 영안실 주차장을 서성이며 어머니를 생각하던 나는 문득 걸음을 멈추었다. 한 여자가 내 의식을 비끄러매며 다가왔다.

'아까부터 지켜보고 있었어요. 이제 눈을 마주치시네요.'

나는 그녀 마음에서 일렁이는 말을 들었다. 아주 오랜 길을 나를 만나기 위해 온 여자지 싶은, 그리고 육신의 말보다 마음의 말을 앞세워 사람을 꼼짝 못하게 하는 여자, 그녀의 표정을 조심스럽게 살피며 나 또한 마음의 말을 건넸다.

'초면은 아닌 것 같은데 기억이 나질 않아요. 미안해요.'

그녀는 내 마음의 말을 천상의 음악으로 들었다. 정상이 아닌 뇌파가 우리를 천상의 뇌파 감각으로 결속시켰다. 싱그럽고 풋풋한 표정으로 그녀가 말을 받았다.

"선생님과 저의 만남은 기억이 나지 않는 것이 좋아요. 언제나 처음처럼 이렇게 시작해야 우리 둘만의 힘이 솟아요."

나는 어설프게 웃어 보이는 것으로 그녀의 말에 동의하고 시선을 옮겼다. 하얀 국화꽃으로 장식한 관이 영안실에서 들려나와 영구차에 실리고 있었다. 어머니의 시신이 그 관 국화꽃 위로 떠올랐다. 나는 환시에 사로잡히며 몸을 부르르 떨었다.

'어머니 몸에 칼 들어갑니다. 어서 나오세요!'

장지가 아니라 해부학실험실로 보내버린 어머니의 시신, 나는 어머니의 환시에 멱살을 잡힌 듯 고개를 뽑아들며 되뇌었다.

'어머니, 어서 나오세요. 몸에 칼 들어갑니다!'

수련의들이 벌거벗긴 어머니의 몸을 들여다보며 수군거렸다.

'너무 깨끗한 시신이야.'

맑고 투명한 부패하지 않는 시신, 환청에 시달리며 집요하게 환시의 허상을 노려보는 내 시선을 그녀의 두 손바닥이 가렸다. 어머니의 시신 속으로 들어가려던 내 의식이 화들짝 놀랐다. 환시가 사라지고 그녀의 막쥔손금이 보였다.

'어머니도 막쥔손금이셨는데.'

"보지 마세요!"

명령으로 들리는 그녀의 음성, 나는 뺨을 얻어맞은 듯 정신이 번쩍 들었다. 심장 박동이 빨라졌다. 아무래도 내가 무슨 주술적인 시험에 들지 싶었다. 두 가지 의미로 새길 수 있는 그녀의 말, 어머니에 대한 환시를 보지 말라는 것인지, 아니면 펼친 손금을 보지 말라는 것인지, 아무튼 그녀의 심중을 제대로 읽자면, 나는 마음을 가라앉히고 여유를 가져야 했다. 나는 속으로 깊은 숨을 내쉬었다. 서서히 마음이 가라앉고 숨결이 느

꺼지자 어머니의 환시가 사라졌다.

"손금을 펼쳐 보이면서 보지 말라는 저의는 뭡니까?"

그녀의 펼친 손이 주먹으로 바뀌었다. 작은 주먹이 만지고 싶도록 예뻤다. 그 손의 비밀스러운 손금, 그녀의 막쥔손금이 뇌리에서 어른거렸다.

"다시 손금을 보고 싶어요."

그녀는 주먹을 펴지 않았다. 나는 주먹을 만지작거리다 살짝 감싸 쥐었다. 그녀가 내 손의 감촉을 느끼며 야릇한 웃음을 흘렸다.

"이제 비겼네요."

비기다니 알 수 없는 동문서답이었다.

"언제 우리가 게임을 했나요?"

"저는 손을 펴 보이며 보지 말라 했고, 선생님은 제 주먹을 감싸 쥐며 손금을 보고 싶어 하시니 하는 말이에요."

나는 섬뜩 놀랐다. 검은빛과 푸른빛이 싸우는 눈, 그녀의 눈이 어머니의 눈으로 바뀌어 나를 찬찬이 바라보았다.

"왜 놀라세요?"

솔직히 나는 그녀의 눈이 무서웠다.

"눈이 너무 아름다워서요."

거짓말이었다. 내 입이 거짓말을 한 걸까, 마음이 거짓말을 한 걸까? 알 수 없었다. 입과 마음이 본래 하나라는데, 나는 그녀의 시선을 피해 빨간 립스틱이 발린 입술을 보았다. 입술이 만드는 말의 아름다움, 그 배후의 거짓 마음으로 우리는 서로를 탐색했다. 무서운 것과 아름다운 것, 사실은 그녀의 눈이 무섭도록 아름다웠는지도 모르겠다. 검은 동공에서 푸른빛이 솟았던 어머니의 눈처럼.

"고마워요."

그녀가 주먹을 폈다.

"거머쥐면 결코 놓지 않는다는 막쥔손금, 부러지고 말지 휘지는 않는다는 성정이 생을 고달프게 할 수 상."

나는 뒷말을 이으려다 그녀의 눈 속으로 빨려들었다. 얼굴과 육성, 몸피, 그녀의 그것들은 어머니와 크기에 있어 차등이 많았다. 무슨 풀릴 길 없는 생각을 가슴에 안고 그 일로 자람을 멈춘 아담한 소녀적인 여자. 그런데도 눈만은 웬일로 어머니를 꼭 닮고 있었다. 마음을 옥죄던 그녀의 검푸른 눈빛이 서서히 사위었다.

"제 손금 팔자가 세겠지요?"

나는 그녀의 말을 뒤집어 부정했다.

"아니요, 부드럽고 약한 마음이 손금을 이겨요."

"부러지고 말지 휘고 싶지 않은 성깔인걸요."

그녀는 또 다른 자신을, 그 분신의 마음을 다스리는 인상이었다. 나는 구체적으로 그녀의 관상을 보았다.

"큰 눈이 그 성정을 착한 중성으로 만들어요."

그녀는 인형처럼 동그랗고 큰 눈을 감았다 떴다.

"강한 것과 착한 중성, 저는 둘을 혼돈하고 살아요. 제 큰 눈이 겁을 먹으면 아주 적당히 혼돈을 일으키거든요. 아마 저도 모르게 의식과 무의식을 희석시킨 반투명, 뿌연 안개 속을 보는지도 모르죠. 그래서 저는 막쥔손금은 어쩼다는 그놈의 수상 통계를 전혀 안 믿어요."

"그럴 거예요. 막쥔손금인 사람은 관상이니 수상 따위는 믿지 않아요. 제 모친도 막쥐셨는데 관상, 수상을 믿지 않으셨어요."

나는 먼 하늘을 올려다보았다. 잿빛 하늘이었다. 뜻도 뭣도 없이 말을 하고 있는 아들을 저 하늘 뒤쪽에서 어머니는 내려다보실까. 나는 생각에 깊어졌다. 그러는 나를 그녀가 일깨웠다.

"선생님을 제가 언제 처음 뵈었는지 아세요?"

글쎄요, 하는 표정으로 나는 그녀를 바라보았다.

"괜찮아요. 제가 귀찮으시면 아무 말씀 안 하셔도 돼

요."

순간 나는 이상한 정지 상태가 되었다. 그 요지부동
인 시간이 서서히 풀렸다. 마음이 편안해졌다. 그녀가
나를 마음 편안한 쪽으로 밀쳐놓은 것이었다. 나는 그
녀에게 사로잡힌 만큼 정직해졌다.

"미안합니다. 어머니가 돌아가시고 저는 자주 정신
이 육신을 빠져나가요."

그녀가 고개를 끄덕였다.

"저도 남편이 떠난 뒤 정신이 육신 밖으로 뛰쳐나갔
어요. 솔직히 그 병으로 선생님을 만나게 되었지요. 이
병원 정신과 닥터 박에게 저도 치료를 받고 있어요."

이 또한 인연인가. 우리는 닥터 박 환자로서 관심을
갖게 된 것이었다.

"닥터 박…."

새삼 기억을 상기하듯 내가 중얼거렸다.

"그 사람 어떻게 생각하세요?"

너무 막연한 물음이었다.

"어떤 면으로요?"

"제 남편과는 동문인데 도무지 알 수가 없어요. 내가
왜 치료를 받아야 하는지 의학적인 분명한 답을 주지
않아요."

"이상한 인연이군요."

나는 절로 한숨이 나왔다. 인연이 인연을 낳는 세상, 그 인연에 취해 울고 웃다 보면 생은 잠깐 지나간다고 했다.

"왜요, 이상한 인연에 휘말리고 싶지 않으세요?"

"이미 휘말려버린 걸요. 그 친구 내겐 당신 애길, 당신에겐 내 애길 무슨 마약처럼 주사했잖아요."

"그래요. 우리 핏속엔 서로의 이야기가 흐르고 있어요. 그러니 닥터 박을 제대로 알 필요가 있어요."

나는 고개를 끄덕였다.

"정신과 전문의 박문학, 그쪽에선 꼽히는 의사지요. 친구의 고종 동생이라서가 아니라, 환자에게 종교심리를 접목시키는 의사로 정평이 났지요. 특히 그의 달마테스트는 까다로운 지식층 정신질환자들에게 대단한 치료효과를 내고 있어요."

그녀가 몽롱한 눈으로 나를 바라보았다. 어머니를 닮은 눈빛이 사라진 그녀의 눈이 이상한 기운으로 나를 힘들게 만들었다. 이 여자가 내게 최면을 거는 걸까. 순간 그녀의 앙칼진 음성이 내 흐리마리한 의식에 불을 놓았다.

"달마테스트 그건 순 사기예요!"

불침을 맞은 듯 내 의식은 화들짝 놀랐다. 진료가 계속되는 환자가 의사를 불신하면 그만큼 의사를 믿는 것이다. 그러면서도 자신의 의식을 뒤집고 싶은 이 여자, 나는 야릇한 호기심을 일으키며 뇌리에 환상의 장면을 펼쳤다.

의사가 가슴을 만졌다. 원을 그리던 손이 가슴 깊숙이 들어가 심장 한 덩이를 꺼내들었다. 붉은 심장덩어리는 한 송이 꽃으로 바뀌었다. 염화시중의 가섭이 부처의 손에 들린 꽃을 보고 웃듯이, 환자가 마술을 보듯 꽃을 보고 웃었다.

"제 심장꽃을 알아보는군요."

환자가 말 대신 고개를 끄덕이고 입가에 웃음을 머금었다. 그 웃음을 환자의 손이 거머잡았다. 의사의 심장꽃에 화답하듯 환자의 손에도 웃음꽃이 들렸다. 의사의 눈이 번쩍 놀란 빛을 뿜었다.

"아, 아름다운 웃음꽃! 제 심장을 드릴 테니 당신 웃음꽃을 주세요."

의사가 환자에게 다가가 심장꽃을 건넸다. 환자와 의사는 서로의 꽃을 주고받았다.

"제 심장 냄새가 역하지 않으세요?"

의사가 웃으며 환자에게 물었다.

"아니요, 웃음냄새가 아주 좋아요."

"심장꽃이 웃음꽃 냄새를 내다니요!"

"그래요, 지금 선생님 얼굴이 웃잖아요."

의사의 표정이 굳어졌다.

"그렇게 남을 속이려 들면 끝내는 자기가 속고 말아요."

환자의 눈이 검푸른 빛을 뿜었다.

"무슨 뜻이죠?"

"지금까지 저는 환자의 잠재의식을 유도하기 위해 자연인인 내가 아닌 의사의 표정을 짓고 있을 뿐이에요."

"그럼, 이 심장꽃이 가짜란 말이군요."

"그래요, 당신의 웃음꽃이 가짜이듯."

환자는 넋 나간 얼굴로 의사를 바라보았다.

"가짜를 너무 의식하지 마세요. 가짜가 진짜의 어머닌 걸요."

환자의 얼굴에 넋이 돌아오고 웃음이 피어났다. 의사는 환자에게 이심전심의 눈빛을 보냈다. 환자는 의사에게 정중히 목례를 하고 돌아서며 재채기를 했다. 환자의 손에 들렸던 심장꽃과 의사의 손에 들렸던 웃음꽃이 재채기방망이를 맞고 어디론가 사라져버렸다.

심장과 웃음, 거기에 꽃자가 붙는 심장꽃과 웃음꽃 이야기다. 실험연극의 한 장면처럼 선명하다. 그런 까닭이 있다. 의사는 닥터 박이고 환자는 그녀이기 때문이다.

닥터 박은 이런 현상을 연출하는 달마테스트를 그녀에게 했고, 황당한 최면심리 사기를 당한 기분이었던 그녀는 닥터 박에게 따져 물었을 것이다.

'재채기로 사라져버린 심장꽃과 미소꽃을 어떻게 설명할 수 있죠?'

'그런 현상의 답이 가능하다고 믿으세요?'

그녀가 고개를 가로저었다.

'아니요가 아니라, 예스예요. 우선 모든 현상은 왜란 물음에 그 나름 답을 준다고 믿어야 합니다.'

'좋아요. 그럴게요.'

의사가 노트를 꺼냈다.

'여기, 제가 심장꽃과 웃음꽃을 그렸어요. 무엇으로 보이세요?'

그녀의 눈이 확 밝아지며 외쳤다.

'아, 이 재채기 소리!'

'바로 이거예요. 답은 이렇게 아주 쉬워요.'

하트의 중심을, 립스틱 입술 사이를 빠져나가는 기의 소리, 그녀의 눈에 재채기만 보였다. 아무튼 닥터 박의 달마테스트는 그녀가 심리 사기라고 볼 수 없는 복잡 미묘한 최면테스트였다. 나는 닥터 박과 나눴던

이야기를 곱씹었다.

닥터 박에게 두 번째 진료를 받던 날이었다.

"선생님, 달마 좋아하시죠?"

"기독병원 의사께서 갑자기 달마는….'

"선생님의 유년시절 불교신앙을 엿보고 싶어서죠."

닥터 박은 환자와 편한 대화를 만들었다.

"달마님에게 지혜는 구하고 싶어요. 하지만 직접 대면은 하고 싶지 않아요."

"벌써 앞서 가시네요. 만나기 전에 좋은지 싫은지를 말씀하시죠."

"물론 좋아합니다."

"이상하죠. 좋아는 하는데 왜 만나고 싶지 않으실까?"

"그의 험상궂은 인상이 마음을 너무 무겁게 만들지요."

"선생님은 누구보다도 달마의 얼굴이 왜 그토록 무서운지 잘 아시잖아요."

"닥터 박이야말로 선입관 때문에 나를 너무 앞지르고 있어요."

"죄송합니다. 그럴 수밖에 없습니다. 선생님이 아시는 달마와 제가 아는 달마를 비교하기 위해서죠."

"좋아요. 달마에 대해서 먼저 그쪽 얘기부터 들어봅시다."

"선생님, 저는 그림을 잘 못 그립니다. 한데 달마테스트 진료상담을 위해서는 이렇듯 못 그리는 그림을 그려야 합니다."

닥터 박은 내가 아는 달마를 유도해내기 위해 자기가 아는 달마의 초상을 그렸다. 그는 하트 모양을 그리고 그 속에 눈 코 입을 그렸다. 눈을 감고 웃는 달마의 얼굴이었다.

"제 달마는 이렇게 웃는데 선생님 달마는 심각하고 우울한 표정입니다. 맞습니까?"

나는 머리를 끄덕여 수긍했다.

"달리 반론이 있으실 텐데요."

닥터 박은 수긍하는 내 마음 뒤쪽이 보고 싶은 것이었다.

"우리는 달마를 만나 볼 수 없습니다. 상상으로 밖에, 따라서 닥터 박의 달마 그림은 또 다른 달마의 얼굴을 상상하도록 환자의 의식을 자극할 뿐입니다."

"바로 그 점 때문에 제 달마테스트가 유효합니다. 선생님도 소설창작의 또 다른 상상을 위해 소림사 달마동까지 가서 달마를 만나고 오셨다면서요?"

나는 그의 고종 형을 떠올렸다.

"그 친구 별 걸 다 얘기했군."

"선생님에 대한 형님의 우정 참 부러워요."

닥터 박의 고종 형은 나와 오랜 친구였다. 시인인 그는 신문사 문화부 기자를 하면서 틈이 나면 우정 자리를 만들고 내 산문 정신의 이해를 충언으로 들려주었다. 너의 산문은 관념 정서에서 벗어나야 어렵지 않아. 등장인물의 묘사와 말에서, 생각에서 독자를 구속하지 말고 해방시켜줘. 그러기만 하면 너의 문장에서 너까지 자유하게 돼.

우리의 우정은 누구나 부러워할 만했다. 전혀 제 길을 감당 못하고 문학에 대한 혈기만 부리는 글쟁이 친구를 그처럼 사랑하기가 쉽지 않았다.

아무튼 '모든 인생의 만남은 상상이든 환상이든 실재든 쓸쓸한 슬픔이다'고 정의 내리는 까닭이 있다. 별리의 고, 만나서 헤어지는 고통을 감수해야 하기 때문이다. 별수 없이 나는 소림사에서 달마와 독대한 얘기를 해야 했다. 그 환상과 상상의 만남도 이별의 아픔이 있었던 것이다.

그해 여름 소림사에 갔을 때 달마는 내게 나무 한 그루를 그려 보라고 했다. 전혀 뜻밖의 시험이었다.

'정신의학에서 의사들이 환자 치료를 위해 하는 짓

을 달마도 한단 말인가?'

속마음을 드러내지 않고 나는 나무를 사람 형상으로 그려 보였다. 달마의 험상이 더욱 일그러졌다.

"네가 쓴다는 소설이 고작 이것이냐? 그야말로 억지다."

나는 처음부터 달마에게 소설 쓴다는 마음을 내지 않았다. 다만 내가 아는 선한 사람을 나무로 형상화했을 뿐이었다.

"내 눈을 속이려 들다니, 그 마음 참으로 가상하다. 허나 그 마음 계속 붙들고 있으면 네 자신까지 속고 말아."

마음 그리는 일을 너무 쉽게 생각한다는 것이었다.

'나는 진정으로 나를 속일 수 있기를 바라서 당신에게 왔소. 그런데 그것이 가능하다니 계속 나를 붙들 수밖에 없소.'

내가 달마의 말을 그렇게 새기고 있을 때 달마가 다시 내 마음을 꿰뚫었다.

"눈물을 흘리는 십자가를 그렸으면 좋았을 걸."

뒤통수를 한 대 때리는 말이었다. 비로소 나는 달마와 내가 전혀 다른 눈을 가졌다는 사실을 알았다.

"사람나무는 아무나 그릴 수 없다. 이 그림은 예수나무를 그린 게 아니라 사반나무를 그린 것이야."

나는 분명 나무십자가에 매달려 피 흘리는 예수를 그렸는데, 달마의 눈은 예수가 아니라 사반으로 보았다. 그리고 달마는 덧붙였다.

"예수를 그릴 수 있다는 그 마음은 참 좋다. 하나 진짜 예수를 그릴 수 있었다면 너는 여기 나에게 오지 않았을 거야."

나는 달마의 말에 충분히 위안을 받았다. 그러나 그것이 오히려 나를 반항하게 만들었다.

"당신에게서 침묵을 본다는 말은 거짓말이군요."

"나는 너에게 한마디도 하지 않았다. 그런데 너는 나에게서 많은 거짓말을 보니 참으로 알 수가 없구나. 내가 너에 대한 거짓 거울인지, 네가 나에 대한 거짓 거울인지를 알 수가 없어."

갑자기 머릿속에 달마의 거울이 나타났다. 나는 달마의 거울 속에서 가만히 흘리는 미소를 짓고 있었다.

닥터 박의 눈이 맑음을 머금고 빛났다.

"제 달마테스트를 이미 직접 체험하셨군요."

우리는 달마 선禪의 묵언을 함께 공감했다. 그는 치유의 선한 정기를 눈에 모았다. 그와 달리 나는 어떤 기운이 심장에서 빠져나감을 느꼈다. 나는 닥터 박의 눈을 깊숙이 들여다보았다.

"비로소 생각들이 정리가 되는 것 같아요."

"다행이세요. 말씀해 보시죠."

"환자는 어디까지나 환자다."

"달마는 중생 앞에서나 부처 앞에서나 달마구요."

나는 고개를 끄덕였다.

"그래요, 환자 앞에서 닥터 박은 항상 닥터 박이지요."

말의 진실, 사람은 사람으로, 사물은 사물로, 자연은 자연으로 보인다는 의미를 우리는 서로 주고받았다.

"고맙습니다. 오늘 진료는 여기서 끝내겠습니다."

닥터 박이 자리에서 일어섰다.

닥터 박의 심리치료 평은 두 쪽으로 나뉘어졌다. 현대인의 정신질환 특별 치료법이다, 한쪽은 가표를 던지고, 고등 사기술이다, 다른 쪽은 부표를 낳았다.

나는 그녀를 어느 쪽으로든 설득하려 들지 않았다. 그녀도 그것을 알았다. 그래서 환자인 우리가 주고받는 말이 서로의 심기를 오히려 북돋았다.

"닥터 박을 심리술사로 부정적인 생각을 하면서 계속 진료상담과 치료를 받는 까닭이 따로 있습니까?"

그녀가 기다렸다는 듯 말을 받았다.

"남편에 대한 예의를 지키는 것이지요."

"멀쩡한 아내를 환자로 보는 남편에 대한 예의라니 이해가 어렵습니다."

"그 사람의 자기 속임, 아니 죄가 그를 사망시키기를 바라서지요."

나는 이 알 수 없는 여자의 속심에 다가섰다.

"부정적이고 무서운 말을 하는데도 얼굴이 참 맑습니다."

"칭찬의 말인데 두 가지 색깔이네요."

보통 맞수가 아니었다.

"어떤 두 가지 색깔이지요?"

"거울의 앞뒤, 밝음과 어둠이요. 두렵고 무서운 칭찬이죠. 부정적인데 어떻게 얼굴이 맑을 수 있겠어요. 뒤집히면 거울처럼 배후에 연막이 있다는 말이죠."

문득 그녀가 내 마음속을 비춰보는 거울을 가졌다는 생각이 들었다.

"요즘 저는 세상의 무서운 것 중 하나를 꼽으라면 주저하지 않고 거울을 듭니다."

그녀의 얼굴에 소리 없는 웃음이 떠올랐다.

"제가 들고 다니는 거울을 빼앗긴 기분이 드네요. 그것이 물질을 비추는 거울이든 마음을 비추는 거울이든 선생님의 그 거울 얘기를 듣고 싶어요."

"거울 속의 허상은 허상으로 아름답지요."

이 말을 서두로 나는 닥터 박과 달마테스트에서 주고받은 이야기를 그대로 그녀에게 들려주었다.

"어머니께서 돌아가신 뒤, 어머니 꿈을 꾸면 꼭 어떤 사단이 벌어진다고 하셨지요. 구체적으로 한 가지만 들려주시죠."

전 날 밤 꿈에 나타난 어머니의 모습은 무심했다. 아들에 대한 정을 온전히 끊기 위해 오셨지 싶었다. 말없이 쓸쓸한 표정으로 잠시 아들을 지켜보다 이내 돌아섰다. 짧은 꿈이었다. 그날 아침 우리 부부는 지독한 싸움판을 벌였다.

"어머니에 대한 아내의 추억이 내 비위를 뒤집었어요. 청상 어머니의 곧은 성정 때문에 많이 힘들었다는 사소한 시비로 시작된 싸움은 서서히 증오의 불길을 내뿜다가 이혼을 하겠다는 만세를 불렀어요."

어떻게 그렇게까지 싸움을 할 수 있을까 싶은 부부싸움을 닥터 박은 몇 군데 다시 짚고 메모했다. 그러고도 우리 부부가 아직 헤어지지 않고 버티고 사는 까닭이 뭘까? 숙명, 업, 따위의 말이 있을 뿐 낡은 사랑에 대한 답은 코에 걸어도, 귀에 걸어도 그만이었다. 닥터 박은 우리 부부싸움의 유형을 연구계통에 따라 분류하고 달마테스트에 적용시켰다.

"어머님을 뵙는 꿈이 참으로 상징적이다 싶은 때도 있었을 텐데요.."

세상일에 지쳐 허우적거릴 때 어머니는 아들의 꿈에 왔다.

"상징에 관한 해명이 가능한 꿈과 그렇지 않고 모호한 꿈도 있었어요."

"해명이 모호한 꿈을 얘기해 보시죠."

그 꿈은 너무 많은 상징이 겹쳐졌다. 그만큼 상징에 따른 해명도 다양한 것이었다. 그래서 그 꿈은 해명이 가능하지도 불가능하지도 않는 것이 되고 말았다. 가능과 불가능, 그 두 해명이 하나의 의미로 전달될 수 있기 위해서 그 꿈은 달마테스트에 상정되어야 했다.

어머니의 시신이 누운 관 속을 아들이 들여다보는 꿈, 가능한 한 꿈의 정황을 그대로 옮겨놓아야 한다.

"어머니! 몸에 불 들어갑니다. 어서 나오세요!"

나는 장작더미에 싸인 어머니의 관을 향해 외쳤다. 이어서 두 번 더 외치고 나는 손에 들린 횃불을 장작더미 속에 쑤셔 넣었다. 장작더미의 연기와 불길이 서서히 관을 휩쌌다.

'어머니, 몸에서 나오셨지요. 못난 아들의 불효를 용서하세요.'

속으로 뇌이며 나는 창자를 끊는 울음을 토했다. 지친 울음 속에서 한동안 아득하다가 제정신이 돌아왔다. 관이 다 타고 사위는 불길 속에서 승천하는 어머니의 모습이 보였다.

'이놈아, 너는 울 자격이 없다!'

나는 어머니의 호통을 기다렸다. 그러나 어머니는 끝내 아무 말 없이 자취를 감춰버렸다.

"어머니!"

나는 허공을 향해 외쳐 부르다 그 자리에 실신하고 말았다. 얼마나 시간이 지났을까, 의식이 돌아왔다.

'여기가 어딘가?'

나는 두리번거렸다. 낯선 예배당 안이었다. 강대상 앞에 어머니의 관이 놓여있었다. 장작더미 불길 속에서 다 타버린 어머니의 관이 왜 여기 놓여있지. 나는 눈을 의심하며 관 쪽으로 다가갔다.

"어머니 돌아오셨군요!"

"그래, 어미를 보려거든 관 뚜껑을 열어야지."

어머니의 음성이 관 속에서 들려왔다. 나는 조급한 마음으로 관 뚜껑을 열려다 몸의 균형을 잃고 뒤로 나가떨어졌다. 크게 엉덩방아를 찧은 나는 한참 아픔을 참느라 버르적거렸다. 그러는 사이에 관 뚜껑이 저절로 열렸다. 나는 겨우 일어나 관 속을 들여다보았다.

어머니의 시신이 들어있어야 할 관 속은 텅 비고, 바닥에 깔린 거울에 넋이 뽑힌 내 얼굴이 나를 올려다보았다.

'어머니, 당신이 사라진 관 속에 못난 아들이 있네요.'

그렇게 나는 미친놈 헛소리를 중얼거렸다.

"좋습니다. 이제 우리가 나눌 얘기는 죽음이란 무엇인가에 대해섭니다. 지난번에는 어머님의 죽음에 대해서 말씀해주셨지요. 그 얘기와 이 꿈을 접목시켜 보십시다. 우리가 바라는 답을 얻을지도 모르죠."

닥터 박은 내 기억을 상기시켰다.

'어머니는 저를 떠나지 않았어요. 제가 보내드리지 않았거든요.'

'상식과 거리가 있는 말씀인데 제가 알아듣도록 이해시켜 보세요.'

나는 최면에 걸린 사람처럼 그때를 기억해냈다.

'어머니의 시신을 대학병원 해부학 실습실에 기증하고 장례를 못 치뤘거든요.'

'그 자체가 거룩한 장례라고 여기십시오. 아무나 그런 용단을 내릴 수 있는 일이 아니거든요. 모친께서도 용기 있는 아들이라 칭찬하고 계실 거예요.'

'저도 그렇게 생각했지요. 한데 시간이 흐를수록 그것이 그럴 듯한 명분을 뒤집어쓴 불효라는 생각으로 바뀌었어요. 솔직히 고백하자면 장례절차에 따른 번거로움을 눈 질끈 감고 피해간 폐륜이지요.'

'그 속죄 때문에 불면이신가요?'

'그렇습니다.'

닥터 박이 우정 나와 눈길을 마주쳤다.

'이제는 그만 어머님 몸에서 나오세요. 어머님의 시신 속에 들어가 선생님 의식이 고통당하는 것 어머님도 바라지 않으세요. 정말 효도를 하시려거든 어머님에 대한 꿈을 불면의 꿈이 아니라 숙면의 꿈으로 꾸세요.'

나와 닥터 박, 그리고 그녀. 우리의 삼각관계를 곱씹는 그녀의 시무룩한 표정이 밝아졌다.

"선생님, 닥터 박 달마테스트에 관한 생각을 바꿔야 할까 봐요."

나는 그녀의 손을 잡았다. 손바닥을 펴고 막쥔손금을 따라 손가락으로 그었다.

"그래요, 이 손금의 극단을 지나서 유연하고 또 유연하세요."

"그러자면 닥터 박의 달마테스트를 믿어야 하겠네

요."

"닥터 박이 달마테스트 때 뭐라하던가요?"

그녀가 긴 한숨을 내쉬고 깊은 눈으로 나를 바라보았다. 맑고 천진한 눈이었다.

"남편에게 돌아가기를 바랐어요."

나는 그녀의 눈길을 피했다.

"선생님 제 눈을 왜 피하세요. 저를 바로 보고 답을 주셔야죠."

"우리의 있음에 대한 긍정이든 부정이든 그 답은 주인의 몫이지요."

나는 그녀를 똑바로 바라보았다. 그녀가 웃었다.

"제 웃음이 어떤 웃음인지 알아 맞춰보세요."

"주인의 웃음, 아주 선하고 투명해요."

"그럼 주인이 한 말씀할게요. 어머님께서 착한 당신을 처음부터 용서하셨어요."

"저도 달마테스트에서 자유할 수 있다는 말인가요?"

"그럼요. 주인의 직관을 믿으세요."

"누구의 주인을 말하는 겁니까?"

"모두의 주인이요."

"그걸 어떻게 알고 단정하시죠?"

"제 영원한 주인 여성성이요."

그녀의 작은 몸이 나를 꼭 끌어안았다. 나는 잠시 착

각에 안겼다. 어머니가 나를 안고 있다고. 그때 아내가 저쪽에서 우리를 보고 잰걸음을 놓았다. 그녀도 그걸 알아차리고 빠른 말을 했다.

"저를 통하여 어머님께 가세요. 저는 당신을 통하여 남편에게 갈게요."

나는 그녀를 질식하도록 안았다가 밀어냈다. 그 사이를 아내가 비집고 들어섰다. 아내는 허둥대며 그녀에게 환자 남편을 이해시켰다.

"이이가 제정신이 아니랍니다!"

그녀가 큰 눈에 힘을 모아 아내를 질책하듯 쏘아보았다.

"죄송합니다. 정신과 진료를 받고 제가 잠시 친지를 만나는 사이에 그만…."

나는 그녀에게 씽긋 웃어 보이며 덥석 아내를 안았다. 그녀가 아내 등 쪽에서 투명한 웃음을 내게 보냈다.

"이거 보세요. 이이가 이렇다니까요. 여보, 아무나 보고 웃지 말아요."

아내가 그녀에게 목례를 하고 나를 잡아끌었다. 그녀는 또 내게 웃음을 보냈다. 영원한 여성성의 웃음, 나는 그 웃음을 통해 어머니의 하늘을 향해 날아오르며 외쳤다.

"어머니, 몸에 칼 들어갑니다. 어서 나오세요!"

여심화 우리 지금 어디 가는 거야 니르바나의 강 저쪽 여자마음꽃 보러

여자 몸에 고래가 산다

결혼한 지 6개월 만에 아내의 몸에 이상이 왔다. 검진결과 혈액암이라 했다. 아내는 암과 사투를 벌이다 재검진에서 오진 판명이 났다. 다행인 기쁨이 아니라, 그 후유증은 아내의 몸과 마음을 정상으로 회복시키지 못하고 암보다 무서운 울증을 덧씌웠다. 아내는 1년 반 결혼생활을 접고 절로 요양을 떠나며 이혼을 통보했다. 나는 아내의 심경을 공감하며 이혼을 받아들였다.

세상엔 이런 인연도 있다 하면서도 나의 삶은 심드렁한 것이 되고 말았다. 나는 다니던 직장을 그만두었다. 아내가 떠나간 마음의 동공이 너무 깊었다. 헤어진 아내처럼 나는 마음을 치유하려고 환쟁이 길을 택했다. 미술대학 재학 때 D미술대전 대상을 받은 아내의 길을 대신 가려는 것이었다. 그러나 아내의 재주에 못 미치는 환쟁이 생활은 시간이 흐를수록 회의적이었다. 그러면서도 서서히 이별의 아픔은 그림 속에 녹아내렸다.

그새 15년째 그림을 그리고 있다. 참 세월 빠르다. 머리가 희끗거리는 50대가 되었다. 국내외 단체전은 빼고 구상전 6회, 비구상전 5회, 개인전 11회를 마치고 나는 그림의 방향을 새롭게 바라보며 속으로 다짐했다. 이제부터 심화心畵다. 무형인 '마음그리기'에 전념하겠다는 것이었다. 그동안 나는 한국화와 서양화를 교감하는 실험정신으로 걸림 없는 그림의 자유를 누렸다. 사물 낯설게 그리기에서 나는 둥근 낯섦, 사각형의 낯섦, 평면과 입체의 낯섦, 무게 중심의 낯섦을 그려 보였다. 이제는 나아가 그 낯섦을 융합하여 빛의 낯섦으로 심화를 그리자는 것인데, 이 마음을 먹는 마음은 보고 그릴 수 있는 것이 아니어서 길은 멀었다. 명상으로 머릿속이며 가슴을 아무리 후벼파도 마음이 어디에 있는지 어떻게 생겼는지 오리무중이었다. 물론 인체의학으로 뇌의 어느 부위에 있다고는 하지만 보이지 않고 알 수 없는 마음 때문에 마음만 아플 뿐 그림은 그 자리를 맴돌았다. 어루만져주세요. 만져만 주면 아픈 마음이 낫겠습니다. 마음을 가늠할 수 있는 말을 만들어 보았다. 그래, 그 아픈 마음 내놓아 봐. 얼마나 아픈지 보고 어루만질 테니. 형상이 없는 마음을 극기로 보일 수밖에 없었다. 손가락을 잘라 내놓았다. 이런, 손가락이 흘리는 핏속에 마음이 있었구면. 그런데 피가 너무 탁해서 마음을 볼 수가 없어. 아픈 마음이 보이도록 피를 먼저 맑혀야 해.

'맑은 피를 그리면 거기 마음이 있다.'

실상으로 볼 수 없는 마음이란 것은 고작 이런 정도의 말로 이해를 도울 뿐이다. 하여 마음의 그림은 형상 없음을 보여주는 형상그리기가 되는 것이다. 말은 그럴듯하지만 생각의 가설을 허무는 지론일 뿐이다. 그럼에도 불구하고 무형상의 마음을 그리고 그리다보면 마음이 이것이었네, 하고 확신하는 그림을 그리게 될 거야. 그 믿음의 마음그리기(심화)는 형상 뒤쪽을 투명하게 볼 수 있는 모델을 필요로 한다. 영靈 혼魂 육肉을 투명하게 아우르는 실상의 모델을 만남으로써 영감의 그림을 그릴 수 있기에.

결혼을 품었다가 세상에 던져버리고 숨은 여자, 오로지 불심으로 흐린 마음을 치유받은 여자, 전처는 법명 여심화女心花 비구니로 불보살의 길을 가고 있다. 나는 그녀가 있는 여심사女心寺를 찾았다. 두 개의 바위는 눕고 그 위에 산등성이와 이어지는 큰 바위가 감

싸듯 어우러진 틈새 굴법당은 참배자 삼십여 명 들어
설 수 있고, 석가모니불 화강석 좌상이 모셔져 있다.

　나는 여심화를 만나기 전에 먼저 부처님께 친견 예
를 드렸다. 오체투지로 백팔 배를 올리고 부처님 좌대
밑에 앉아 명상에 잠겼다. 백팔 번뇌를 벗은 몸으로 여
자마음꽃을 그리겠습니다. 모든 붉은색의 마음, 모든
푸른색의 마음, 모든 노란색의 마음을 흰색 부처님 마
음바탕에서 피어나는 꽃으로 그려내겠습니다. 그러자
면 여자마음꽃을 부처님 가슴 가르고 꺼내야 합니다.
그리할 수 있는 지혜의 칼을 주소서. 명상의 답은 직설
이다. 아서라. 여심화는 옛 너의 여자가 아니다. 부처
님 측은지심의 미소가 나를 내려다보았다. 천 개의 손
으로 만지고, 천 개의 눈으로 볼 수 있는 부처님의 미
소. 본디 하나인 미소를 그토록 찢어발기면 꿰맬 길이
없다. 그 미망에 끄들리면 너까지 찢기고 말아. 본래
없는 마음 참으로 그리고 싶거든 그대로 놓아 둬. 그것
이 여심화다. 그만 물러가거라. 미소의 망치를 얻어맞
으며 나는 외쳤다. 어디로 갑니까, 어디로! 문득 허공
에 걸린 미소가 보였다. 나는 그 미소를 거머쥐고 자리
에서 일어섰다. 거머쥔 미소 놓치지 말고 그 향기의 아
름다운 빛 바로 그려야 해. 이것이 부처님 말씀이어도
좋고, 나의 다짐이어도 좋다. 알 듯 모를 듯, 손에 쥔

미소의 의미가 무겁다. 나는 휘청거리며 법당을 나섰다.

여심화는 나를 보고 멍한 얼굴이다. 우리가 한때 부부이기는 했나. 아슴한 기억을 더듬지만 온전히 잊은 듯 반향이 없다. 모진 시간의 공백이 우리를 너무 깊이 갈라버렸다. 나는 그동안 여심화의 마음을 돌려볼 아무런 시도도 하지 않았다. 그저 환쟁이 심사가 너무 팍팍하면 1년에 한두 번 여심사를 찾아와 먼발치에서 그녀를 지켜보다 돌아갔다. 순간 그녀는 화들짝 정신이 난 듯 나를 반겼다. 새벽예불 때 환상을 보게 하더니…, 그녀는 내 모습을 찬찬히 살폈다. 환상에서는 많이 상한 모습이었는데 이렇게 환한 모습이라니, 보기에 너무 좋다. 얼마만이야. 그녀의 얼굴에 계산된 시간이 지나갔다. 세월 참 빠르다. 강산이 한 번 반 바뀌었으니까. 금방 알아 못 볼만도 하지. 그래, 지금도 그림을 그려? 대답 대신 그녀의 무연한 마음을 향해 나는 천진스럽게 웃어 보였다. 그렇구나. 많은 그림 그렸겠네. 자기 몫까지 열심히 그리긴 했는데 신통찮아. 잠시 그녀의 얼굴에 어떤 회한이 스치다가 이내 수행의 마음으로 가라앉았다. 나는 왼손 주먹을 불쑥 내밀었다. 내 모습이 환하다고 했지. 이 주먹 안에 있는 부처님 미소 때문이야. 나는 주먹을 폈다. 손바닥에 엷은 꽃무늬 빛이 어른거렸다. 여심화는 그 무늬를 읽었다. 천상의 꽃 우담바라잖아? 나는 고개를 끄덕였다. 부처님 미소를 우담바라로 그린다? 아니, 여심화를 그릴 거야. 나를 그린다고? 그래, 여자마음꽃. 그럼 나를 모델로 세우려고 온 거야? 그런데 부처님께서 머리 깎은 비구니는 모델 세우지 말래. 그리고 부처님 미소를 내 손에 쥐어주셨어. 그 부처님 미소를 진짜로 그려 봐. 꼭 그릴게. 부처님 미소를 머금은 여심화, 여자마음꽃을 그려 보여줄게.

나는 사설 모델회에서 보낸 여자가 마음에 들지 않아 매번 돌려보냈다. 그중 세 명의 모델은 그림을 그리다 말고 붓을 던져버렸다. 그들은 왜 아름다운 인형으로만 보일까. 인공의 형상에는 자연한 여심女心이 없었다. 여심의 영감을 자아내는 여자의 여자, 나는 어머니의 어머니 같은 영혼의 여자는 영원히 만날 수 없다는 결론을 내렸다.

'불덩이처럼 타오른다, 얼음덩이 같이 차갑다. 삼차원적인 이야기로는 그려낼 수 없는 것이 여자의 불가사의한 마음이다. 그런 여심의 그림을 신은 원치 않는다. 사람은 진짜 여심을 그릴 수 없는지도 모르겠다.

신도 알 수 없는 것이 여자의 마음이라 하지 않았던가. 이쯤에서 미혹의 덩어리 여심을 형상화하겠다는 생각을 접자.'

단순함과 복잡 미묘한 사람 심리가 서로 엉키어 뒤틀리며 웃음을 자아내는 현실을 실존의 부조리라 했다. 내가 그림에 대해서 마음을 비울수록 끈질긴 고집이 생겨나는 것 또한 부조리와 무관하지 않았다.

'알 수 없는 형상을 형상화하는 것이 환쟁이다. 그 알다가도 모를 여심을 꼭 형상화하고 말리라.'

한 번만 더, 나는 단서를 붙이고 다시 모델을 주문했다.

"모델회 공식 자료가 인정하는 창의적인 포즈를 보일 줄 아는 경험이 많은 모델을 보내주십시오."

다음날 모델이 왔다. 나는 눈을 의심했다.

'이건 그간 보이콧 놓은 모델들에 대한 모델회 차원의 보복이다. 누가 노파 모델이 필요하다고 했는가.'

나는 속으로 '이건 아닌데!' 하고 입을 떡 벌렸다. 노모델은 눈길이 마주치자 조금 웃어 보였다. 긴장을 풀게 하면서도 긴장하게 하는 야릇한 웃음. 다 안다, 다 모른다를 머금은 보살의 웃음이었다. 현장 감각에 민감한 숙련된 노 모델의 풍미는 여심화를 연상시켰다.

"어머니의 어머니, 그야말로 여심 중의 여심이다 싶

은 모델을 찾으신다고 해서 제가 자원해서 왔어요."

나는 그런 주문을 한 바 없다고 말하려다, 그녀의 음색에서 모성을 느꼈다. 석가모니부처의 어머니와 예수의 어머니, 두 성모를 떠올리며 나는 새삼 노 모델의 얼굴과 자태를 살폈다. 형상과 느낌이 절묘하게 겹쳐 보이는 그녀는 얼굴이 나이 들어 보인다 싶으면 몸매가 젊어 있고, 몸매가 아무래도 시들해 보이잖아 하면 얼굴이 싱그러워졌다. 도무지 나이가 가늠되지 않는 그녀는 사십대 후반에서 육십대를 넘나들며 의식의 혼돈을 건너뛰었다.

'도대체 이 여인의 실체가 이토록 주술적인 까닭이 뭘까.'

나의 독백에 답하듯 그녀의 음성이 환청으로 들렸다.

'알다가도 모를 여자 마음덩어리로 나는 당신에게 왔어요.'

나는 한숨을 내쉬며 노 모델의 깊이를 보았다.

'환쟁이의 그림을 시험하기 위한 덫으로 온 여자.'

지금까지 내가 경험한 모든 모델을 하나로 뭉쳐놓은 듯 여인은 술사적인 야릇한 마력을 풍겼다.

'그렇다면 환쟁이의 마지막 고집에 대한 덫은 그림의 몫이다. 환청까지 덧씌워 신과 자연의 해석으로 여

자마음을 그려낼 뿐이다.'

나는 더욱 긍정적인 마음이 되었다.

'노 모델의 영감이 주술적이고 마술적이어서 여심의
핵을 그리게 할지도 몰라.'

생각이 이에 이르자 나는 노 모델을 통하여 여심화
를 본격적으로 그릴 수 있겠다는 확신이 왔다.

"고맙습니다, 여자마음꽃을 그릴 수 있도록 도와주
세요."

많은 젊은 모델을 밀쳐낸 노 모델, 모델이 아니라는
뜻으로도 읽히는 호칭이다. 나이 같은 것 전혀 의식하
지 않아요, 여인은 당당히 몸과 마음이 합일된 빛을 뿜
었다. 그 힘은 서서히 나의 중심을 붙잡았다. 이것은
일종의 기싸움인데, 하고 노 모델을 바라보았다. 그녀
는 나에게 어떤 영감 덩어리지 싶었다.

"그럼, 바로 준비할까요."

당장 포즈를 취할 듯 노 모델의 음성은 생기가 넘쳤
다. 나는 고개를 저었다.

"그림 구상에 대한 시간이 필요합니다. 삼일 뒤 이
시간에 뵙지요. 구상 자료로 앞뒤 측면 사진을 찍겠습
니다."

노 모델이 돌아가고 나는 그동안 젊은 모델들에게
끄들렸던 의식을 털어버리고 빈 마음이 되고자 홀로

포장마차 술집에 앉았다. 젊고 싱싱한 모델들의 생글거리던 눈빛이 스러지고 노 모델의 눈빛이 나를 노려보았다. 그녀의 눈은 나에게 많은 말을 했다.

"여심에 대해 너무 심각하면 술맛이 나지 않아요. 술맛을 알아야 여자 맛도 안다는 까닭이 뭔 줄 아시나요. 여자가 물이어서 물맛을 알아야 여자 맛을 안다는 거예요. 지금 왜 술을 마시는데요. 술맛 속의 물맛, 그 알 것 같다가도 모를 여심을 어떻게 그릴까 궁리 중이잖아요. 그런데 물맛이 무맛이어서 참말로 물맛을 그리자면 사람 작업을 초월한 신의 작업이라야 해요. 사람 속 신의 작업으로 그 여심의 무맛, 한 번 잘 그려보셔요. 분명 여자마음꽃을 만날 거예요."

나는 순순히 마음을 내보였다.

'그래요, 그 모를 맛을 그릴 참입니다. 도와주세요.'

노 모델을 향해 나는 소주잔을 들어 보이고 한입에 비웠다. 오장의 공백을 알코올 기운이 휩쓸었다. 빈속의 술은 참 정직했다. 심장의 피를 덥히고 뇌의 기억을 배가시켰다. 나는 기억에게 끌려가지 않으려고, 먼발치의 허상과 진상으로 서 있는 여심화를 끊어내려고 안간힘을 썼다.

'술의 일로 몸은 의기충천하다가 술 열이 스러지자 쓸쓸하고 허전하다.'

나의 허기는 독백으로 정신의 불을 켰다.

'불의 맛, 이것이 예술의 맛이다. 소주는 정직하게 허기를 관통하고, 허기의 맛이 예술을 낳는 어머니가 된다. 생각이 생각을 질타한다. 구태적인 지난 얘기다. 그런 시절 다 지나갔다. 속지 마라. 옛 생각에 침을 뱉어라. 이제 AI시대다. 있고 없음을 통시적으로 보이는 4차원의 세계가 열리고 있다. 정신이 가난한 거지는 사물에 대한 맛을 모른다. 버려진 것에 길들여진 혓바닥은 이미 혓바닥이 아니다.'

자작으로 채운 소주잔을 나는 무심히 내려다보았다. 소주잔 속에 알몸으로 헤엄치는 한 여자가 보였다.

'오, 여자여. 착시현상으로 여자의 맛을 보게 하려는 가.'

나는 소주잔을 들어 소주와 함께 여자를 한입에 마셨다. 알코올과 여자가 혼합된 맛, 소주 맛이 여자 맛이고, 여자 맛이 소주 맛이었다.

'그렇다. 이 맛을 그린다. 여심의 맛!'

나는 여심의 맛을 향한 축배를 들기 위해 빈 소주잔을 채우려다 섬뜩 놀랐다. 입술에서 비죽비죽 웃음이 솟았다. 여자는 소주와 함께 나의 목구멍으로 넘어가지 않고 빈 술잔 속에 앉아 하염없이 눈물을 흘려 잔을 채우고 있었다. 나는 신음을 토했다.

'아, 눈물의 잔 속에 들어앉은 여자. 신과 대좌할 수 있는 스스로 정화된 여자. 순정한 여자의 맛 덩어리. 이 여자의 눈물 맛을 그리자!'

나는 여자의 눈물 맛을 퍼즐 그림으로 완성할 구상을 잡았다. 여자의 눈물 맛을 위한 모든 생각의 입자를 색 퍼즐로 그려 여자 나신의 피부에 덧씌우는 그림이었다.

3일 뒤 약속한 시간에 노 모델은 나의 작업실에 왔다. 샤먼적인 마력이 느껴지는 여자는 나이를 가늠할 수 없는 알몸으로 누드모델이 되었다. 나도 벗었다. 모델은 화가에게, 화가는 모델에게 서로의 모델이 되는 현장을 연출한 것이다. 모델과 화가의 벗은 몸속 의식은 서로를 자유롭게 만들었다.

모델과 나는 서로의 나신을 바라보았다. 울림통의 슬픈 몸, 나고 죽는 음악을 연주하는 몸, 사랑하고 미워하다, 미워하고 사랑하다 죽고야 마는 몸, 나는 무슨 신탁처럼 노 모델의 몸을 통한 여자의 마음을 읽어냈다.

"우리는 지금 서로의 몸속에 들어가 있어요. 몸을 바꾼 편안한 마음의 무아, 내가 없는 마음으로만 서로를 바라보는 또 다른 눈으로 그림을 완성하세요."

모델이 고급하면 신의 상상을 낳는다더니, 그녀의 말은 말의 의미까지 무화시켰다. 색과 무색의 경계, 나는 모든 생각의 입자를 색 퍼즐로 그리고 그 퍼즐을 여자의 나신에 덧씌웠다. 그림이 거의 완성되는 동안 나는 세 번 마음이 크게 흔들렸다. 소위 색마가 끼어들어 퍼즐이 제대로 보이지 않고 정사의 욕정만 용솟음쳤다. 그때마다 노 모델은 몸을 바꿔 나의 마음을 잠재웠다. 첫 번은 여자의 몸이 한 마리 비단구렁이로 바뀌고, 두 번째는 갓 태어나 우는 아기로 바뀌고, 세 번째는 천의를 입은 천녀로 바뀌었다. 나는 세 가지 몸 바꾼 그림을 그렸다. 그리고 그 그림들의 기를 모아 네 번째 그림 노 모델의 나신, '여심화'를 그려냈다.

"어려운 고비를 잘 넘겼어요. 세 번째 천녀가 아닌 마귀할멈으로 몸을 바꿨다면 '여자마음꽃' 그림은 마귀할멈을 그렸을 거예요. 그때 나는 내 속의 천녀와 마귀할멈의 싸움에서 마귀할멈을 거꾸려뜨렸어요. 그 천녀가 우리를 지켜낸 거예요."

나는 고개를 끄덕였다. 천녀에 의해 평상심이 돌아와 나는 「비단구렁이」 「아기」 「천녀」 세 작품을 그리고 마침내 「여심화」를 완성할 수 있었다. 노 모델은 나에게 몸을 바꾸어 보임으로써 온전한 그림의 여자 「여심화」를 그리게 한 것이었다.

노 모델과 「여심화」 그림 이야기를 이것으로 입을 꾹 다물어버린다면 이 이상한 이야기는 오리무중이 되고 만다. 이야기의 품위를 살리고 불가사의한 '여자마음꽃'이 융합통시적으로 이해되기를 바라서 나는 환상과 현실이 겹쳐진 이야기를 덧붙인다.

　인사동 작은 화랑 사면 벽에 「비단구렁이」 「아기」 「천녀」 각 50호, 100호 「여심화」가 걸렸다. 이질적인 네 그림은 저마다 강한 빛의 파장으로 관람자의 시선을 당혹시켰다. 한 화가의 그림으로는 상상할 수 없는 경계의 색상을 네 그림은 자유로이 넘나들며 창조적 융합을 느낌 받게 했다. 또한 화가의 4행시는 의식의 혼돈을 일으키는 그림들에 대한 주술스러운 신비감을 재해석하는 데 도움이 되었다.

「비단구렁이」

두 혀가 길다
참말하는 혀 거짓말하는 혀
하늘강 건너
용을 만난다

「아기」

아기가 운다
어미가 웃는다
울음이 웃는다
웃음이 운다

「천녀」

천녀의 옷 빛 흐름이다
천당 극락 연옥 지옥 인도하는 비천녀
입고 벗는 빛 무늬꽃
여자 몸은 안다

「여심화」

팔만사천 말씀의 빛
여자 벗은 몸 살비듬으로 빛나고
억겁의 여자마음꽃
고래향으로 바다를 가른다

전시회 끝 무렵, 나는 이상한 환상에 빠졌다. 노 모

델과 여심화가 한 사람 몸으로 전시장에 나타났다. 여인은 젊다 싶으면 여심화로 보이고, 나이가 들어 보이면 노 모델이었다. 여인은 「비단구렁이」 「아기」 「천녀」 「여심화」 앞에 각각 합장하고 공손히 머리를 숙인 다음 내게 왔다.

"나를 어떻게 모델로 세울 수가 있어? 이래도 되는 거야."

여심화의 음색에 나는 귀를 의심하며 여인을 찬찬히 바라보았다. 벌거벗긴 여심화의 표정이 당혹스러워 나는 눈을 질끈 감아버렸다.

"눈을 감으면 내가 더 잘 보일 텐데."

그렇다. 나는 눈을 뜨고 다시 여심화를 확인했다. 이럴 수가, 여심화는 사라지고 노 모델이 나를 뚫어져라 바라보았다.

"제발, 우리 서로를 시험하지 맙시다."

여인은 분명 노 모델이었다. 그림 속에서 나온 모델인가, 나는 도무지 알 수 없는 환상에 사로잡혔다.

'내가 나에게 내가 누구냐고 묻는 물음에 누구라고 답을 해야 하나.'

나는 머릿속이 혼미해졌다. 그저 그림을 그렸을 뿐 노 모델의 신상에 대해서 나는 전혀 아는 바가 없다. 사실이었다. 나와 노 모델은 서로의 개인사는 전혀 묻지 않고 오로지 관심사를 그림 완성에만 두었다. 작품 자체의 지고지순한 답을 위하여.

여인은 얼굴에 엷은 웃음을 머금었다. 말의 생성을 위한 웃음, 그녀의 입이 열렸다.

"네 작품 모두 빛의 그림이네요. 비단구렁이, 아기, 천녀, 여심화를 팔만 가지 빛의 입자 퍼즐로 맞춘 주술적인 그림이 절묘해요. 아기 웃음을 두 손으로 받쳐 든 천녀, 천의 속 천녀의 유두를 물고 젖을 빠는 비단구렁이, 여심화의 음부를 빠져나오며 우는 아기, 그리고 등과 옆얼굴을 보이는 여심화, 색채를 해체하며 융합한 빛의 파장화는 전혀 외설스럽지 않고 오히려 장엄합니다. 당신은 화가로서 모델에 대한 시원의 심화를 그려냈어요. 깊이 감명받았습니다."

분명 여심화의 음색이었다. 내 머릿속은 맑아지고 가슴에 불이 붙었다. 여인의 모습이 여심화 비구니의 모습으로 보였다.

"고마와. 이 얘기를 듣게 하기 위해 모델을 통하여 내게 와서 이 그림들을 그리게 했지. 알 수 없었던 영감의 작용, 이제야 알 것 같아."

"그럼, 이제 자기에게 내가 누구라고 답해봐. 그림에 답을 그렸잖아."

나는 답을 떠올려 새김질하면서도 입에 올리지 않았

다. 묵시의 답 '나는 고래다'로 가슴에 오래 남는 것이 좋았다.

"그만 들어갈게."

여심화의 음색이 노 모델의 음색으로 바뀌었다. 그림 속으로 들어가겠다는 노 모델의 말을 듣고 나는 환상에서 깨어났다.

일간지 대서특필의 화제는 노 모델의 누드화를 통한 '여심화' 읽기에 바쳐졌다.

"시공의 통시성을 형상화한 여자마음꽃은 의식의 신성화를 그린 것이다."

몸과 마음의 그림. 그 상징 의미는 종교 경전을 관통하고 있다. 모델이 뱀, 아기, 천녀, 여자마음꽃으로 그려진 까닭이 이에서 근원한다. 그렇듯 추상성을 읽어내면 이 요상 미묘한 그림은 다시 뱀이다, 아기다, 천녀다, 여심화다의 경계를 지나 그림의 또 다른 답을 읽어내게 된다.

「여심화」는 문장으로 묘사하기 쉬우면서도 어려운 그림이다. 생각으로 정리되지 않는 형상을 느낌 받기에 그렇다. 인터뷰를 통한 화가의 비의적인 이야기는 그림의 배후와 의미망을 줄잡는데 도움이 된다.

"오래전 나를 떠나면서 남긴 아내의 말을 찾아 헤맨

결과 그녀의 법명 여심화를 그림으로 완성할 수 있었어요. '흰 피와 붉은 피의 강을 건너버린 나를 잊고 기다리지 마세요.' 그림 여심화는 이 말에 대한 답입니다."

'여심화는 단순 순박한 누드를 퍼즐 맞추기 기법으로 그려놓았다. 투명한 빛의 입자 속에 여자는 나신으로 등을 보이고 앉아 있다. 얼굴 측면을 감추며 드러내는 황금각의 포즈여서 모든 여자의 원형으로 접목될 수 있다. 머리와 귀 그리고 뺨 일부가 생각을 자극하고 기억 속을 더듬어 마침내 너도 되고 나도 된다. 서양화 기법과 동양화 기법의 감이 혼합된 구상 퍼즐 맞추기는 추상을 반추시킨다. 동양화 붓으로 그린 거친 인체의 선이 시선을 강하게 자극한다. 선은 힘으로 작용하여 여자를 가두면서 나신 특유의 빛을 발한다. 퍼즐화로는 드물게 동서양화를 아우르며 무화시키는 경지를 터득한 작품으로도 평가된다. 더욱이 모델의 심미를 분산 합일시키는 변용은 빛에게 질서를 주는 법광法光의 그림이 되고 있다.'

"전시 기간 동안 여심화 스님은 다녀가셨습니까?"

"이미 기사에 답을 쓰셨습니다. 분명 그녀는 법광의 그림전을 관람하고 갔을 겁니다."

나는 속으로 웃었다. 여심화는 오지 않고 온 것을 말

하게 한다. 노 모델를 통하여 내게 와서 내 속의 거짓
말과 참말의 경계를 지나간 것이다. 이렇게 말하는 것
이 웃음으로 오는 한 소식이다. 경전은 모든 여자가 두
혓바닥을 가졌다고 했다. 여심화는 그 혓바닥을 하나
로 모으기 위해 마음꽃을 피우고 피우는 수행 비구니
이다.

나는 빛에 질서를 주는 법광의 그림을 다시 본다. 보
고 또 보다가 그림에게 빨려 들어갔다.
'본다는 것은 홀리어 미치는 것이다.'
나는 생각을 멈추고 자신에게 묻고 답했다.
"어쩌자고 나는 내가 그린 그림 속에 들어왔는가?
여자마음꽃, 여심화에 대한 기억의 실체를 확인하려
고."
솔직한 답이다. 그림의 여자는 나를 올려다보고 나
는 그녀의 눈을 내려다보았다. 먼 인연이 가물거렸다.
노 모델이 변신한 여자. 나는 그녀에게서 여심화의 두
몸을 읽었다. 신혼의 아내 몸과 50대의 비구니 몸을.
"여러 남자가 그림 속에 들어와 나에게 수작을 걸었
지만 아무에게도 마음을 보이지 않았어요."
여자는 묻지도 않는 말을 나의 눈을 올려다보며 속
삭였다. 나는 화실에서 그림을 그릴 때 노 모델의 맑은

눈을 떠올렸다.

"누드모델을 부탁할지도 몰라요."

나의 말에 노 모델이 웃었다.

"좋아요. 하지만 제 벗은 몸을 그리려면 화가도 벗고 그려야 해요."

모델의 음성은 젊고 설득력이 강했다.

"화가가 모델의 마음을 읽듯이 모델도 화가의 마음을 읽어야 하니까요."

서로를 시험하는 관계, 그리고 주객이 하나로 묶인 그 의미를 그릴 수만 있다면, 나는 나에게 최면을 걸었다.

'벗고 벗어야 하리. 놓고 놓아야 하리. 울고 울어야 하리. 웃고 웃어야 하리. 오고 또 와야 하리. 그리고 가고 가야 하리.'

나와 모델은 자연스럽게 벗고 작업에 들어갔었다. 그때나 지금이나 그림 밖에서나 그림 안에서나 모델은 나의 속마음을 훤히 꿰뚫어 보는 눈이었다.

'눈은 눈을 보고 말해야 한다. 살은 살을 보고 말해야 한다. 피는 피를 보고 말해야 한다. 뼈는 뼈를 보고 말해야 한다.'

나는 고개를 끄덕이고 사실대로 말했다.

"그래요, 당신을 만나려 그림 속에 들어왔어요. 기억

속 가장 아름다운 당신의 불가사의한 몸을 안아 보기 위해서요."

그림의 여자 눈이 선한 빛을 머금었다. 여리고 순한 여자의 눈빛이 나의 심장을 뚫고 지나갔다. 순간 나의 얼굴이 경련을 일으키며 가면을 벗고 본얼굴을 드러냈다. 아, 여자의 입에서 짧은 탄성이 나오고 표정이 밝아졌다.

"지금 당신은 나처럼 벌거벗었어요. 옷을 입고도 마음을 벗을 줄 아는 거죠. 벗고 보아야 벗은 사물이 제대로 보여요. 이제 제 얼굴이 바로 보일 거예요."

나는 가면이 벗겨진 얼굴로 여자의 얼굴을 찬찬히 살폈다. 마음이 나이를 먹지 않는 얼굴, 맑고 단아한 여자에게서 여자의 참맛이 우러났다. 나는 여자 몸에서 여심화의 몸 냄새를 맡았다.

"그동안 그림을 그리고자 하는 계산된 눈으로만 저를 보았지요. 당연히 저도 그림의 계산에 맞아떨어지는 상대적인 얼굴을 할 수밖에요. 허상을 낳는 표정이었지요. 그 허상에 취한 당신의 열정이 안타까웠어요."

마음을 선연하게 읽는 여자의 음성이 나의 가슴을 적셨다. 말의 음성을 듣게도 볼 수도 있게 말하는 여자, 나는 속으로 '여심화가 그려졌다'를 뇌이며 바지가 벗겨져 하체가 드러나는 기분에 사로잡혔다.

'이건 수치심은 아닌데.'

나는 처음 느껴보는 감정에 휘둘렸다.

'당신은 묘하게 마음을 흔들어 놓는 힘이 있어요. 영원한 영감을 주는 어머니의 어머니, 여자의 여자.'

나는 불쑥 튀어나오려는 말을 삼키고 여자를 노려보았다. 노 모델의 몸이 풍요롭고 아름다운 젊은 몸으로 바뀌어 여심화의 몸 냄새를 뿜었다. 모든 여자의 묘약 냄새, 분명 음부 깊은 곳에서 넘쳐나는 냄새였다. 늙음과 젊음을 공유한 여자의 깊은 속 냄새. 비로소 나는 그림 속에 왜 왔는가를 알 것 같았다. 아주 서서히 여자의 묘약 냄새가 고래향으로 맡아졌다. 고래의 생식기 어느 부위에서 나는 냄새로 여겨진다는 고래향. 나는 고래를 찾아 여자의 깊은 몸속을 헤엄쳐갔다. 여자의 깊은 몸을 건너온 나는 문득 마음이 조급해졌다.

'그림 속에 너무 오래 머물렀다. 이제 그만 그림 밖으로 나가자.'

나는 그림 밖을 향해 걸음을 놓았다. 여자가 나의 바짓단을 잡았다. 나는 다리를 들어 여자의 손을 어루만졌다.

"여자여, 당신은 어머니의 어머니입니다."

"그래요. 나를 여자의 여자로 그렸어요."

"우리 가끔 이렇게 만납시다."

여자의 표정이 무심으로 돌아갔다.

그림 밖으로 나온 나는 한참 동안 마음을 가라앉혔다. 몸 밖으로 나간 마음이 몸 안에 돌아와 숨을 고르는 느낌이었다. 아직 나는 그림의 여자에게서 눈을 떼지 못 했다. 그림의 여자는 측면 얼굴로 조금 웃어 보이는가 싶다가 숨결을 고르며 등을 보일 뿐이었다. 그때 나의 눈에 불이 확 들어왔다. 여자 옆구리의 숨은 그림, 고래 한 마리가 어딘가를 향해 헤엄쳐 가고 있었다. 아, 여심화의 검푸른 고래사마귀! 순간 나는 여심화의 몸 화두를 깨치고 외쳤다.

"여자 몸에 고래가 산다!"

그렇다 나는 마음눈을 크게 떴다. 결혼 첫날밤 아내의 몸은 환한 빛 덩이였다. 그 빛 덩이 속에서 나는 검푸른 고래사마귀를 만났다. 그 고래사마귀를 만지며 나는 신비한 아내 속으로 들어갔다. 고래사마귀 때문에 아내의 부끄러움이 배가 되는 환상의 밤이었다. 그 환상은 이어졌다. 고래 등에 알몸인 소녀와 소년이 타고 있었다. 소년이 소녀의 허리를 끌어안으며 속삭였다.

"여심화, 우리 지금 어디 가는 거야."

"니르바나의 강 저쪽, 여자마음꽃 보러."

나는 안도의 한숨을 크게 내쉬었다. 그림으로 나는 여심화에게서 무심을 일으켜 세우는 자유를 얻어낸 것이었다. ✶

절대정신의 지향, 또는
일상과 초절의 경계

1. 황충상과 '절대정신' 지향의 소설

독일의 철학자 헤겔은 자신의 철학 논리에서, 주관과 객관을 동일화하여 완전한 자기인식에 도달한 정신을 '절대정신'이라 불렀다. 여기서 '완전한 자기인식'에 도달하기 위하여 '주관과 객관을 동일화'하는 논리적 방식은, 그야말로 이성적이고 변증법적인 경로를 거친다. 이 철학적 도그마는 매우 명쾌하지만 반대로 여러 허점을 끌어안고 있다. '완전한 자기인식'을 지향하는 목표의 설정은 동일하지만, 그 단계에 이르는 길이 반이성적이며 내면의 심층을 움직이는 심리적 바탕 위에 있을 때는 특히 더 그렇다. 과학과 철학의 잣대로 계측할 수 없는 신학과 종교의 차원에서는 더 말할 나위가 없다.

'완전한 자기인식'이란 용어가 가진 구원久遠의 개

절대정신의 지향, 또는
일상과 초절의 경계

념을 '절대적 인식의 지점' 또는 '절대정신'이라는 어휘로 요약할 수 있다면, 이를 구명究明하는 헤겔 철학의 의미와 종교성의 개념은 사뭇 다른 모형으로 변별된다. 감성과 상상력에 기반을 둔 문학의 차원에서도 당연히 그렇다. 이 글의 서두에서 굳이 애써서 '절대정신'의 개념을 궁구窮究하고 있는 것은, 자기인식의 완전성을 탐색하는 황충상 소설의 정체와 그 과녁을 이에 비추어 명료하게 설명할 수 있을 것이기 때문이다. 미상불 이 소설집에 실린 8편의 소설은, 한 인간이요 작가를 넘어 문학이 구현할 수 있는 자기인식의 완전주의에 모든 도구와 방법을 다 투척한, 실로 유다른 사례들의 집합이라 할 수 있다.

　그러기에 그의 이 소설들에 접근하고 교감하는 독법을 두고 말하자면, 문학 일반론의 범상한 시각으로는 합당한 답안을 찾아내기가 어려운 형편이다. 그렇다고 그의 소설들이 그간 우리가 문학사에서 목격한 난해한 사상이나 지적 유희의 형용을 띠고 있는 것도 아니다. 어느 측면에서는 작가가 작중 화자에 대한 통어의 고삐마저 방기放棄해버린, 더 나아가 그 상황에 대한 인지적 지평을 종교의 범주로 개방해버린, 매우 독특한 창작 유형을 면대하게 된다. 작가는 소설의 스토리에서 벗어날 수 없는 책임을 지고 있기도 하고, 또 경우에 따라서는 그 책임을 한낱 부질없는 주박呪縛으로 내쳐버린 형국에 있기도 하다. 곧 소설을 통한 '존재의 자유로움'을 구현한다.

우리 문학사에서 선문답의 초탈한 경향을 가진 소설, 종교적 함의의 극점을 표방하는 소설들이 앞선 시대의 길잡이로 제시되어 있다 할지라도, 황충상 소설의 '절대정신'은 이 모본模本들을 그다지 눈여겨보지 않는다. 굳이 범례를 들자면 김동리의 「등신불」을 참고하는 데 그친다. 그렇다면 그의 이 소설들이 무엇을 대상으로 하고 무엇을 말하고자 하는가를 해명할 필요가 있다. 그는 우선 자신이 영유하고 있는 일상의 현실에서 출발한다. 그 자리에서 세월의 경과와 생각의 부침浮沈에 단련된 새로운 인식의 소출들이 일상의 경계를 뛰어넘고 전혀 예상할 수 없었던 사유의 발현과 그것의 깊이를 생성한다. 그리하여 소설의 문장과 문맥을 통해 일흔 초반을 넘기는 자신의 세계관, 인생관을 매우 창의적인 형상으로 드러낸다.

이러한 문학적 소득은 귀하고 소중한 것이다. 이토록 치열한 문학적 자기탐구가 드물기도 하지만 그 결곡하고 지속적인 추구가 문학적 수준과 완성도를 겸비한 경우가 극히 희소한 까닭에서다. 그의 이 소설들을 눈여겨보며, 우리 문학사에 없던 새 도정道程의 시현示現임을 수긍할 수밖에 없는 이유다. 여기에 하나 더 덧붙여 주목할 문제가 있다. '완전한 자기인식'과 '절대정신'을 목전의 과제로 둔 황충상 소설에, 이를 확고하게 뒷받침하는 기초가 잠재해 있다는 사실이다. 곧 그의 심중에 자리하고 있는 종교로서의 기독교와 그의 실제적 체험이 결부된 종교로서의 불교가, 동시에 공여하는 교리와 사상이 그것이다.

교리의 성격에 있어서 기독교는 절대타당성을, 불교는 보편타당성을 표방한다. 서로 다른 본성과 방향성을 가진 두 종교가 작가의 내부에서 빙탄불상용氷炭不相容의 상충을 초래하지 않고 상호 화합하며 적재적시適材適時에 순방향의 작용을 하고 있다는 점은 놀라운 광경이기도 하다. 이는 두 종교의 '상충' 및 '화합'의 지점이 어디인가를 정확하게 인지하고 이를 대승적으로 겸용할 때에 비로소 가능한 현상이 아닐까 짐작된다. 세상에 원인 없는 결과가 없고 대가 없는 소득이 없다. 그의 문학이 가진 '절대정신'은 이토록 많은 값을 지불하고 난 연후에 얻은 것이다.

2. 일상과 초절의 접점, 그 문학자리

우리 문학사에서 볼 수 없던 새 지평의 소설을 하나의 창작집으로 묶어 선보인 황충상은 전남 강진 태생이다. 1981년 『한국일보』 신춘문예에 「무색계」가 당선되어 문단에 나왔으니, 그 글쓰기 경력이 꼭 40년에 이르렀다. 이번에 상재되는 이 기념비적 소설집은, 그러므로 그의 등단 40주년 기념 작품집으로 치부할 수 있다. 지금까지 그가 상재한 소설집 『뼈있는 여자』 『무명초』 『나는 없다』 등과 장편소설 『옴마니 반메훔』 『부처는 마른 똥막대기다』 『뼈없는 여자』, 명상 스마트소설집 『푸른 돌의 말』 등은 대개 종교적 세계를 배면에 두고 있거나, 앞서 언급한 '절대정신'의 탐험을 시도하고 있다. 그의 이번 소설집이 어느 날 갑자기 솟아난 생면부지의 산물이 아니라는 뜻이다.

그의 소설세계를 통합적 관점에서 살펴보면, 자아와 세계의 일체를 전제하고 자기존재와 타자의 관계를 일원론적 가능자 위에 올려두고 있다. 이러한 발상의 도식은 그 출발에서부터 불교적 세계인식과 연접해 있으며, 동시에 이것이 작가의 체험적 전력前歷과 연관되어 있음은 주지하는 바와 같다. 이 일원론적 가치관은 유와 무가 상통하고 궁극에 있어서는 하나의 결론으로 귀일歸一하며 이를 응대하는 주체와 객체, 사유자와 관찰자가 둘이 아니라 하나라는 종착점에 이른다. 항차 이 엄중한 통합의 규율에 있어서 불교와 기독교의 서로 다른 타당성조차 한 곳으로 조화로운 흐름을 성취한다. 불교의 지속적인 질문과 기독교의 확정적인 수긍이 충돌 없이 연합하는 놀라운 소설적 규범이 거기에 있다.

이 소설집에 실린 8편의 소설은, 어쩌면 소설로 쓴 예술론이라 호명해도 이상할 바 없다. 범사에 깨우침을 동반하고 일상이 예술로 전화轉化하는 탈 경계의 개안開眼이 그의 소설과 더불어 작동한다. 구도求道의 길목을 소설이 떠받치는 서사, 아니면 소설의 형식을 빈 종교적 발화가 문면의 처처에 편만遍滿하다. 40년 세월을 두고 지속적 시간과 함께해 온 창작의 관록이 아니고서는, 도무지 바라보기 어려운 소설의 수발秀拔이 바로 이 작가의 것이다. 그의 소설들이 이와 같은 성격과 구조를 갖고 있는 터이므로, 일반적인 소설적

이야기의 전개나 결말의 도출과는 일정한 거리가 있다. 그러기에 그에 대한 독법 또한 달리 설정되어야 마땅하다고 본다.

굳이 예를 들자면『말테의 수기』나『짜라투스트라는 이렇게 말했다』또는『페이터의 산문』처럼 어디를 열고 읽어도 독서회로에 과중한 부하負荷가 없을 것이라는 말이다. 언필칭 소설만큼 자유로운 느낌과 이야기의 펼침을 보장하는 문학 장르가 없을 것이라는 가정 위에서 보더라도, 그의 소설은 이 범박한 가정조차 초극하거나 해체하는 절대적 자유로움을 구가한다. 평범한 생활인의 의식이 종교적 탈각과 동렬이 되고, 그 지고至高의 경지 또한 시정市井과 누항陋巷의 담론으로 소통되는 소설적 자유로움인 것이다. 그러므로 이 8편의 소설은 생활인의 수양서이자 창작자의 예술론이라는 두 얼굴을 함께 구비하고 있으며, 문학과 종교의 최대공약수를 응집한 보기 드문 성취에 해당한다.

한 작가의 작품세계에 대한 비평의 글이나 한 작품집의 미학적 성과에 대한 논평을 수행할 때, 대체로 작품의 성향에 따라 소규모 의미 단위로 구분하여 논의하는 것이 상례다. 그런데 황충상의 이 소설집에 실린 8편의 글은 그러한 기본적인 구분을 무의미하게 한다. 모든 소설이 주제론에 따라 요약하면 단일한 의미 단위가 되고, 각 작품의 요목을 들여다보면 제각각 독립적인 글이 되고 마는 팔색조의 변모에 처해 있는 까닭에서다. 전혀 단조로운 단색의 잿빛이 순식간에 형형색색의 깃털을 자랑하다가, 다시 곧장 원래의 침잠으로 되돌아간다. 이러한 소설적 변화는 어쩌면 처음부터 아무 달라짐도 없었던 것인지도 모른다. 요령부득이고 정체불명이면서, 문득 일목요연하고 쾌도난마와 같은 소설의 실상을 성실한 발걸음으로 뒤따라가는 것이 최선일 수밖에 없다.

3. 내면의 우주를 깨우는 8개의 길

이 소설집의 첫머리에 실린 「그림자껍질」은, 그야말로 이 책의 작품들이 어떤 범주와 전개를 보일 것인가에 대한 방향지시등이다. 화자인 '나'는 H신문사 프리랜서 기자이자 소설가의 직업을 가졌다. 그가 전기소설을 쓰기 위해 만난 이가 이 소설의 중심인물 '영부令父 범사範士'다. 검도 고단자를 부르는 범사라는 호칭은 영부 범사가 '그림자껍질'을 벗긴다는 '영검팔체도법影劍八體道法'의 창시자이면서도 은자의 생을 살고 있는 곳으로 인도하는 하나의 단서다. 범사의 유일한 여자 제자는 영기影氣라는 이름으로 나타나며, '나'가 영부 범사의 존재양식과 그의 그림자껍질 벗기기 도법을 해독하는 데 보조장치로 조력한다. 이러한 여러 소설적 장치들은, 결국 현실의 바닥과 분리되어 있는 그림자껍질 벗기기가 어떻게 가능하며 그것의 진면목이 무엇인가를 분별하는 방향으로 작동한다.

'없는 실체를 보기 위해 마음의 눈을 떠야 한다'는 소설 속의 레토릭은 범사와 나, 그리고 영기의 '진실'을 향한 열망 가운데 공존한다. 사정이 이러하다면 그 진실의 실체를 검증하기 위한 행로에 있어 일반적인 사실주의 문학론은 별반 쓰임새가 없다. 상황의 축조에 있어 불교의 공사상空思想을 닮아 있는 이 인식의 방법은, '처음 빛이 있으라 한 그때'와 같은 시발과 현현의 방식에서는 기독교의 초절주의超絶主義와 잇대어져 있기도 하다. 소설의 문면이 표기한 바와 같이 '나'가 취재한 영부 범사의 삶은 '실존이면서 환상인 통시성의 실험적인 이야기'다. 재론할 것 없이 이 소설에서 중요한 것은 실존과 환상이 서로 다른 개체이면서 공존하고 융합하는 '조화의 힘'이라는 사실이다.

「꽃사람꽃」은 꽃과 사람을 하나의 얼개 아래 묶어둔 개념, 곧 양자의 의미망이 하나로 묶여 제3의 가치를 생성하는 소설적 의미를 추종한다. 이 소설의 중심 인물은 '남무南無'라는 소설가이고 '이다'라는 이름을 가진 '나'는 그의 제자이자 내연녀였던 경력을 보여준 다. 그리고 말미에서 '다소'라는 여성이 등장하여 얼 핏 삼각관계와 같은 포즈를 나타낸다. 하지만 소설적 서술의 중심에는 언제나 남무가 있고, 그를 드러내는 '나'의 술회는 이 소설이 1인칭 관찰자 시점에 의거해 있음을 말해준다. 남무는 사뭇 불교적 상징의 용어이 고 아미타불이나 관세음보살에게로 '귀의한다'라는 뜻으로 쓰인다. '나'와 남무의 관계는 정신적이면서 육체적인 것이지만, 그 어느 것도 존재의 근원을 흔들 만큼 절박해 보이지 않는다. 다만 입고 벗는 것, 사유 와 행위, 마음과 몸이 서로 소통하여 '꽃사람꽃'을 아 름답게 피워내는 질료質料로 기능할 따름이다.

「마음나무」는 고희古稀의 나이에 가족과 집을 떠난 수행자의 자아성찰을 담은 소설이다. 그가 머무는 곳 은 '마음나무집'이란 현판을 내건 암자다. 소설 속의 '나'가 '충상忠尙'이란 이름을 쓰고 있다고 해서 이 작 품이 꼭 작가의 자전自傳과 일치한다는 보장은 없다. 소설이란 애초부터 그렇게 약속된 형식이기 때문이다. 그러나 그 가운데 상당한 분량의 자기기술이 내포되어 있음을 부인할 수는 없다. 실제로 필자가 알고 있는 작가의 전기적 사실들이 맨얼굴을 내밀고 있기도 하다. 그와 극작가 C의 관계는 서로가 문학이나 예술을 통해 자아 정체성을 찾아가는 도반道伴일 터이다. 이들의 지향점은 소설이 말하는 바와 같이 '마음과 자연이 함께 자유로워지는' 그리고 '아무것도 요동하지 않는' 지점이다. 곧 소설적 구도론求道論인 셈이다.

　　「**무지개 이야기**」는 무지개의 일곱 가지 빛깔에 대한 상징과 암시, 실존적이며 현상학적 해석들을 다채롭게 보여주는 소설이다. 소설은 '모든 형상은 빛으로 읽힌다'는 선언적 구절로 시작한다. 이 작가의 세계에서는 당연히, 그들 빛깔의 숨결에 대한 이야기가 하나이면서 일곱이고 일곱이면서 하나다. 작가는 소설 속 '대설大說'의 문학적 의지, 신화적 불화佛畵의 승화된 함의, 죽음을 건넌 부활의 확증 등 여러 정신적 종교적 요체들을 동시다발로 원용한다. 모두에게 익숙한 소설적 차원을 이미 돌파한, 놀라운 면모요 기량이다. 이 소설에도 동자승 이야기를 비롯해서 여러 자전적 요소들이 잠복해 있다. 그러기에 작가는 독자들 또한 '본인의 이야기'로 읽을 수 있다고 권면한다. 이 무지개 이야기가 '당신이 빠진 하늘구덩이를 오르는 사다리'

가 되도록 '마음의 눈'으로 읽으라는데, 미상불 그렇게 읽지 않고서는 이해를 도모할 재간이 없다.

「물의 말을 듣다」는 대학 강의를 맡은 소설가의 술회로 시작한다. 그는 강의에서 '스마트소설'이라는 소설의 장르를 소재로 활용한다. 작품의 바깥에서 말하자면 이는 '미니픽션'과 거의 유사한 개념이고 스마트소설은 이 작가가 오랜 세월을 두고 가꾸며 다듬어 온 짧은 분량의 소설형식이다. 이 작품은 이 책에 실린 작품들 가운데서는 가장 긴장을 덜하고 읽을 수 있는, 비교적 범상한 소설의 유형을 유지하고 있다. 소설가 교수와 제자 '여미' 그리고 그의 남자 친구 '도음'의 이야기가 소설의 흐름을 이룬다. 천안함 사건으로 인한 도음의 죽음, 여미의 동통疼痛과 함께 그 말미에 '죽음을 훔친 도둑'이란 도음의 전언傳言을 매설해 두었다. '참고 참은 말이 지혜가 되면 그것이 물의 말'이라는 금언金言도 거기 있다.

이 소설집의 표제작이 된 「사람본전」은 인격의 값을 수치로 환산한 듯한 어감을 유발하지만, 그 기층의 의미에 있어서는 전혀 다른 계량법에 의거해 있다. 이 '본전'은 사람의 가치에 대한 근원적이고 근본적인 질문을 환기한다. 소설의 담화는 화자인 '나'의 '죽음연습'이라는 오연傲然한 결기決起를 앞에 두고 출발한다. 어쩌면 지난해 동맥박리수술로 생사의 현관玄關을 경험한 작가가, 자신의 생사관을 재차 점검하고 있다는 후감을 불러온다. 이 소설이 그 엄혹한 경험 이전에 창작된 것이라 할지라도 마찬가지다. 화자는 오랜 삶의 터전을 버리고 '자연에게로 떠남의 길'을 열었다. 그의 새 도량이자 안착지인 '발 씻는 집'은 여전히 동서를 대표하는 두 종교의 교의敎義와 그 어의語義에 연접해 있다.

어린 시절 화자의 기억들이 도입되어 있는 서사구조는, 이 소설이 화자 또는 작가의 전 생애에 걸친 반성적 성찰을 유념하고 있다는 암시다. 이 역시 강력한 종교성을 후원으로 한다. 발을 씻어주는 일 곧 세족洗足은, 기독교의 교리를 희생과 섬김으로 판독하게 하는 중요한 모티브다. 다시 말하면 기독교적 사랑의 구체적 형태다. 그런가 하면 화자의 화두 '사람이 부처다' '발이 마음이다'가 은유하듯이 불교적 자비와 베풂의 선명한 얼굴이기도 하다. 자비심의 대타적 표현인 보시布施가 여기에 있다. '나'는 스스로를 그 이타利他의 근본에 비추어 사람의 본디 값, '사람본전'이라 호명한다. 마침내 사람본전은 꿈꾸던 '명상의 열반'을 완성하고 그를 시중들던 '춘다'에게, 곧 각성의 눈에 비친 세상 사람들에게 교훈과 계승의 여지를 남겨둔다.

「어머니의 몸」은 기독교 신앙으로 생을 일관한 화자의 어머니를 회상하며, 이를 자신의 삶이 반사되는 거울로 응용하는 소설이다. '기도원 예배당에서 철야 기도하다가 앉은 채 소천한 퇴임 권사'가 그 어머니다. 이 좌상坐像 소천은 바로 앞에서 살펴본 소설 「사람본전」의, 그리고 좀 더 멀리로는 김동리 소설 「등신불」의 이야기 소재와 동일하다. 그 어머니의 아들인 화자가 종교성과 분리되어 살아갈 길은 없을 것이다. 소설 속에서 역할을 가진 '의사' 또한 평범하거나 일반적이지 않다. 그는 환자의 가슴 깊이에서 심장을 꺼내고, 이들은 이를 '심장꽃'이라 부른다. 화자는 소림사에서 달마와 독대한 전력도 내놓는다. 애초부터 이 소설은 환상과 현실의 경계를 무화無化하거나 넘어서 버렸다. 그 탈현실의 지경을 누비는 활달한 상상력으로, '몸과 정신과 영혼'의 강역疆域을 탐구한 소설적 존재론이 이 작품이다.

「여자 몸에 고래가 산다」는 화자인 '나'의 내면적 가족력을 드러내고 있으며, 그것이 곤고하기 이를 데

없고 또 그런 연유로 영혼의 차원을 개방하는데 유력한 동인動因을 형성한다. 화가였던 아내는 혈액암 오진 과정에서 격심한 우울증을 얻고 마침내 이혼을 통보한 후 절로 떠났다. '나'는 직장을 그만두고 아내의 뒤를 이어 '환쟁이의 길'을 간다. 그 세월이 15년째다. '나'는 심화心畵, 마음그리기에 전념하기로 다짐한다. 아내의 법명이 여심화女心花이니, 이들은 여전히 하나의 고리로 된 인연에 묶여있다. 그러한 화자가 유다른 세계의 심층을 감각할 수 있도록 돕는 '노老 모델'을 만난다. 화자는 여자마음꽃을 그리려 한다. 이처럼 몸과 정신과 영혼이 하나의 일원론적 교통으로 개방된 세계에서는, '여자 몸에 고래가 산다'는 어법이 전혀 어색할 바 없다. '나'는 그림으로 여심화에게서 무심無心하는 자유를 얻어낸다.

4. 소설로 쓴 구도와 깨달음의 절창

필자가 촌장으로 있는 황순원문학촌 소나기마을 2층 로비에는 '문학은 도를 구하는 그릇文者求道之器也'이라는 황순원 선생의 휘호가 걸려 있다. 우리 문학사에 명멸한 많은 문인들이, 문학이야말로 자신이 선택

한 구도求道의 방략이라고 여겼을 것이다. 또 실제로 종교적 배경을 가진 많은 구도소설이 임립林立해 있기도 하다. 황순원 선생이 애호한 이 구절은 중국 문헌 『고문진보古文眞寶』에 유사한 기록(文者, 貫道之器也)이 보이고, 조선시대 율곡 이이 선생이 그에 방불한 표현의 글을 남기기도 했다. 이는 철학과 문학의 상관성에 대한 언표인바, 이 양자 중에서 어디에 우선적인 방점을 두느냐에 따라 문학의 지위, 곧 글의 뜻이 달라진다.

철학, 즉 성리학 우선주의자들은 문이재도론文以載道論을 주장하고 문학 우선주의자들은 문이관도론文以貫道論을 주장한다. 전자의 대표적인 인물로는 중국 북송의 염계濂溪 주돈이周敦頤와 남송의 주희朱熹 등이 있고, 후자의 대표적인 인물로는 당나라 한유韓愈와 그 제자 이한李漢 그리고 북송의 구양수歐陽修 등이 있다. 이와 같이 복잡한 전거典據들의 와중에서 황순원 선생의 소신 문이구도론文以求道論은 문학 우선주의를 이어받고 있으며, 시대를 거슬러 율곡 선생은 재도론자載道論者이니 당연히 문학보다 철학을 앞세웠던 것이다. 우리가 여기서 공들여 살펴본 황충상의 소설은 문학을 통한 사상과 종교의 검증에 해당하므로, 이를테면 황순원식 문학론에 소속한다 할 것이다.

한 작가의 내면에 소설의 구조를 뒷받침하는 종교적 사상성이 잠복해 있다는 것은, '사상을 담은 문학'을 배태胚胎하는 소중한 계기다. 이 항목은 우리 문학의 오랜 단처短處요 과제였다. 그 사상성이 기독교와 불교라는 두 대표적인 종교의 부양을 받고 있다는 인연은 드물고 귀한 일이다. 한걸음 더 나아가 이를 조화롭게 통어하고 자기인식의 완전성에 복무하도록 견인하는 작가의 기량, 그것이 황충상 소설에 있었으니 여기에 당착한 독자는 행복할 수밖에 없다. 김동리의 『사반의 십자가』나 이문열의 『사람의 아들』이 종교의 본질을 다루면서도 그 중핵中核에 육박하지 못한 것은, 그들이 종교적인 삶과 체험을 온전히 자기 것으로 한 적이 없었기 때문이다. 이 대목에서도 황충상의 삶과 소설은 돋보이는 부분이 크다.

그의 소설을 여러 차례 반복해 읽으면서 끝까지 남는 생각 하나는, 읽는 이의 지식이나 판단력 따위가 이러한 서사 세계를 제대로 검증하는 데 크게 도움이 되지 않으리라는 것이었다. 소박하고 조촐하지만 깊은 신심信心을 가진 종교인이 도달할 수 있는, 불가역적이고 불가침의 자리가 있다. 그 겸허한 깨달음의 자리, 그에 대한 납득이 동반될 때 비로소 가능한 각성의 글쓰기가 황충상의 것이었다. 이 명료한 글쓰기 문법은 수용자인 독자의 글 읽기 문법에도 그대로 원용된다. 성경에는 '들을 귀 있는 자는 들으라'(막4:23)는 가르침이 있다. 바라기로는 앞으로도 그의 문필이 더욱 흥왕하여, 우리로 하여금 새로운 글밭의 알곡들을 다시 만날 수 있게 해주기를 축원해 마지않는다.

선禪의 세계를 따라서

춘다, 라는 이름을 듣는 순간 나는 천축天竺의 한 사람을 만나는 느낌이었다. 춘다, 그는 반야용선을 저어 먼 나라 천축에서 방금 도착하고 있었다. 천축에서 온 사람이 어디 한둘이랴. 우선 우리는 의상대사의 반야용선을 도와서 양양의 낙산사에 이르게 보호한 선묘를 꼽는다. 그밖에 통도사를 비롯한 절에서 우리는 멀리 멀리 가고오는 아름다운 반야용선들을 만난다. 이것이 '춘다의 세계'라고 나는 읽는다. 이처럼 아름다운 지혜, 용기가 어디 있으랴. 그러니까 혜초는 천축으로 향하며 바다로 가지 않았던가. 그리고 계림, 즉 신라를 그리워하지 않았던가.

그러나 이 소설이 말하고자 하는 것은 단순히 그것만은 아니다. 인생을 한마디로 꿰뚫어보려는 눈이 문장마다 넘쳐난다. 따라서 기독基督의 세계도 선적禪的으로 나타난다. '달그림자'를 보는 검도인의 모습은 또 어떤 가르침을 주는가. 종교를 떠나 숭고한 모습이기도 하다. 그가 나타내고자 하는 삶의 포괄성이 소설을 형이상학적으로 감싸고 있기에 그러하다.

그의 소설은 신춘문예 당선작인 「무색계無色界」에서부터 일종의 선禪이기도 했다. 그러므로 지금까지 40년이 넘도록 그의 문학은 설명을 떠나곤 하는 것이다. 이와 같은 소설이 우리 문단에 있다는 것만 해도 우리는 고맙게 여기지 않을 수 없다. 우리 소설의 평범함, 단순성을 위해서는 특히 그렇다. 그리고 이 소설들에는 모미, 여미, 영기 등 영감 어린 많은 이름들이 등장한다. 이뿐인가. 마리 로랑생을 지나 모리스 블랑쇼까지 등장하는 데는 그만 우리의 젊은 날 생각에 '소설이 아픔을 치유하기 위해 또 시작하는' 것임을 곱씹지 않을 수 없다.

갑작스런 병석에서 이 소설집을 마무리지은 '서촌 선사禪師'의 치유와 또 시작하는 마음을 빌며, '밝이 마음'이라는 이 소설의 가르침을 되새긴다.

| 발문 | 주수자 소설가

문장의 탑

여기, 여러 문장의 탑들이 모여 있다
먼먼 시원을 찾으려는 언어로 만들어진,
죽음의 벼랑까지 가봤던 그가 엎드려 받아 낸
문장들이 화두처럼 그대에게 묻는다

사람의 본디 값은 진정 어디에 있는가

여기 겹겹의 현실로 둘러싸인 그림자 세상들이
그의 절박한 문장으로 베어지고
한결 한결 본질에 근접하게 드러나
처음 빛이 있으라 한 그때로 되돌아가게 한다

사람
본전

1쇄 발행일 | 2021년 03월 31일

지은이 | 황충상
펴낸이 | 윤영수
펴낸곳 | 문학나무
편집 기획 | 03085 서울 종로구 동숭4나길 28-1 예일하우스 301호
이메일 | mhnmoo@hanmail.net

출판등록 | 제312-2011-000064호 1991. 1. 5.
영업 마케팅부 | 전화 | 02-302-1250, 팩스 | 02-302-1251
ⓒ 황충상, 2021

ISBN 979-11-5629-117-6 03810